徳 間 文 庫

禁裏付雅帳十二

偽《ぎ》　計《けい》

上 田 秀 人

徳 間 書 店

目次

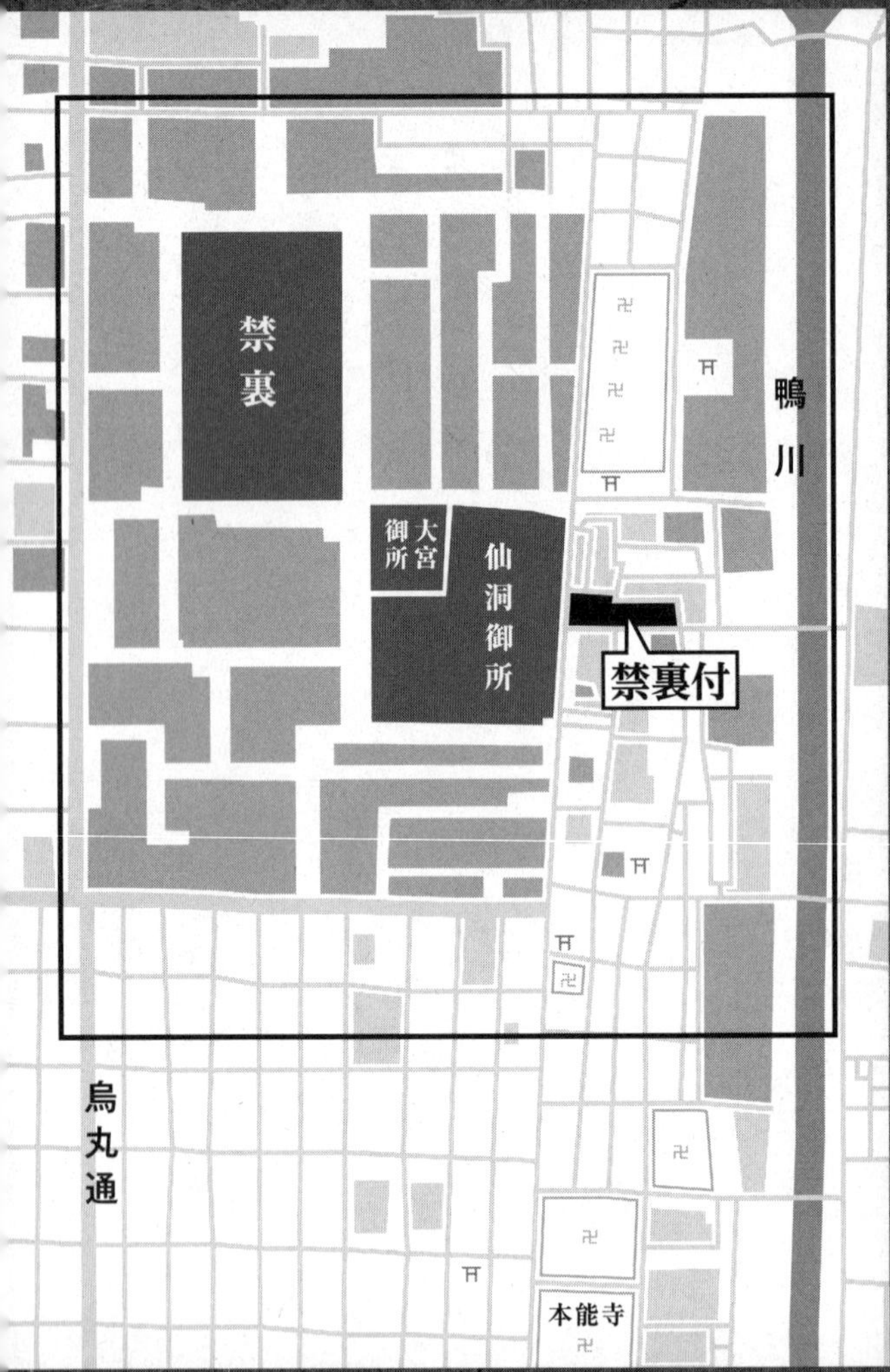
禁裏
大宮御所
仙洞御所
禁裏付
鴨川
烏丸通
本能寺

天明　洛中地図

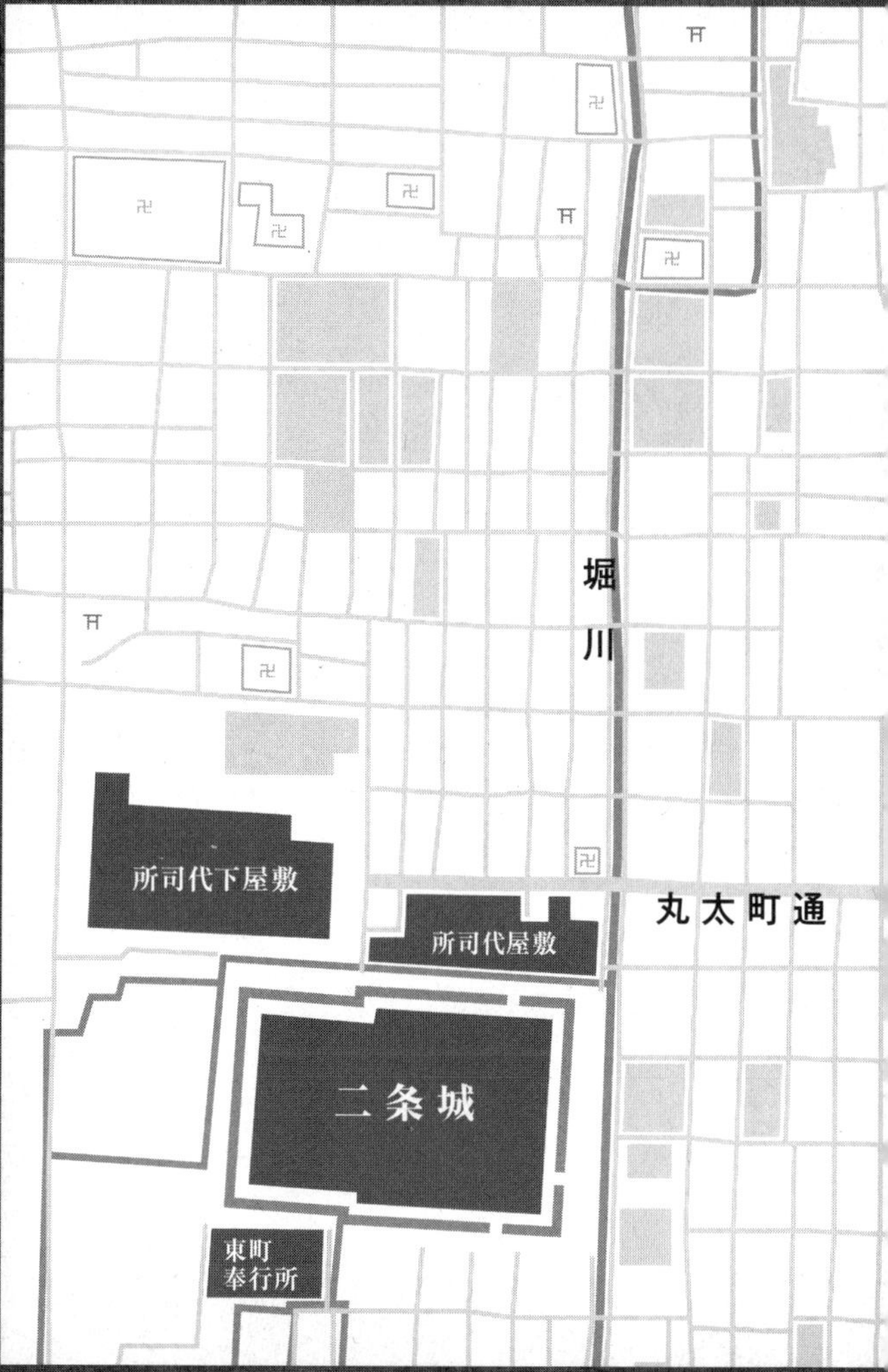
堀川
丸太町通
所司代下屋敷
所司代屋敷
二条城
東町
奉行所

天明　禁裏近郊図

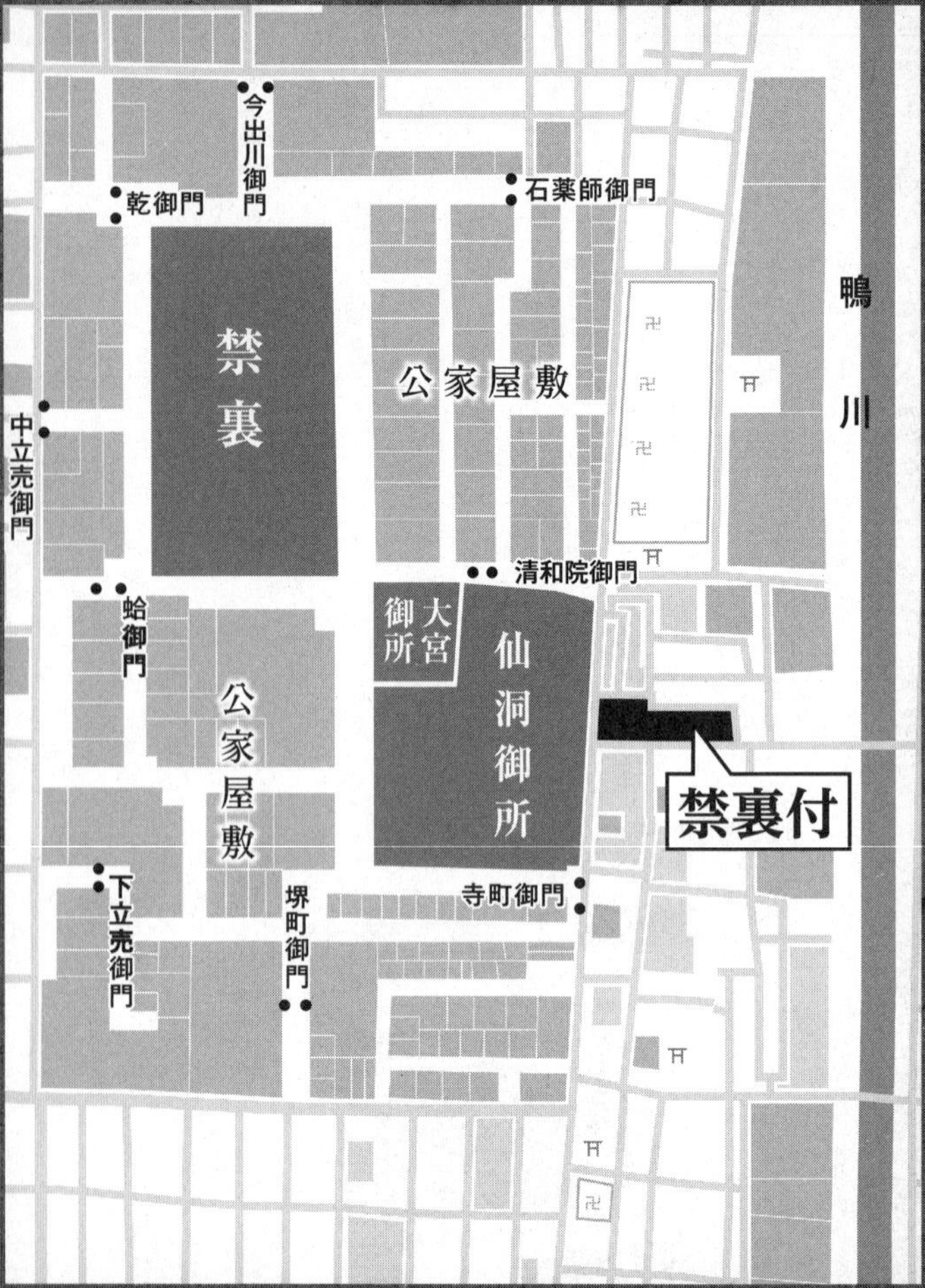

今出川御門
乾御門
石薬師御門
禁裏
公家屋敷
鴨川
中立売御門
清和院御門
蛤御門
大宮御所
仙洞御所
公家屋敷
禁裏付
寺町御門
堺町御門
下立売御門

禁裏（きんり）

天皇常住の所。皇居、皇宮、宮中、御所などともいう。十一代将軍家斉《いえなり》の時代では、百十九代光格《こうかく》天皇、百二十代仁孝《にんこう》天皇が居住した。周囲には公家屋敷が立ち並ぶ。「禁裏」とは、みだりにその裡に入ることを禁ずるの意から。

禁裏付（きんりづき）

禁裏御所の警衛や、公家衆の素行を調査、監察する江戸幕府の役職。老中の支配を受け、禁裏そばの役屋敷に居住。定員二名。禁裏に毎日参内して用部屋に詰め、職務に当たった。禁裏で異変があれば所司代に報告し、また公家衆の行状を監督する責任を持つ。朝廷内部で起こった事件の捜査も重要な務めであった。

京都所司代（きょうとしょしだい）

江戸幕府が京都に設けた出向機関の長官であり、京都および西国支配の中枢となる重職。定員一名。朝廷、公家、寺社に関する庶務、京都および西国諸国の司法、民政の担当を務めた。また辞任後は老中、西丸老中に昇格するのが通例であった。

主な登場人物

東城鷹矢《とうじょうたかや》　五百石の東城家当主。松平定信から直々に禁裏付を任じられる。

温子《あつこ》　下級公家である南條蔵人の次女。

徳川家斉《とくがわいえなり》　徳川幕府第十一代将軍。実父・治済の大御所称号勅許を求める。

一橋治済《ひとつばしはるさだ》　将軍家斉の父。御三卿のひとつである一橋徳川家の当主。

松平定信《まつだいらさだのぶ》　老中首座。越中守。幕閣で圧倒的権力を誇り、実質的に政《まつりごと》を司る。

安藤信成《あんどうのぶなり》　若年寄。対馬守。松平定信の股肱《ここう》の臣。鷹矢の直属上司でもある。

弓江《ゆみえ》　安藤信成の配下・布施孫左衛門の娘。

戸田忠寛《とだただとお》　京都所司代。因幡守。

霜月織部《しもつきおりべ》　徒目付《かちめつけ》。定信の配下。

津川一旗《つがわいっき》　徒目付。定信の配下。

光格天皇《こうかくてんのう》　今上帝。第百十九代。実父・閑院宮典仁親王への太上天皇号を求める。

土岐《とき》　駆仕丁。元閑院宮家仕丁。光格天皇の子供時代から仕える。

近衛経熙《このえつねひろ》　右大臣。五摂家のひとつである近衛家の当主。徳川家と親密な関係にある。

二条治孝《にじょうはるたか》　大納言。五摂家のひとつである二条家の当主。妻は水戸徳川家の嘉姫《よしひめ》。

広橋前基《ひろはしさきもと》　中納言。武家伝奏《ぶけてんそう》の家柄でもある広橋家の当主。

第一章　悪意届く

一

権威の象徴というのは、動いてはならなかった。

腰の軽い権威は侮《あなど》られる。権威はどっしりと構えていてこそ、要《かなめ》たりえる。

天下を差配する幕府は、何事にも揺らがない。

当然、その幕府を支えている老中、若年寄などの執政衆も軽々に江戸を離れてはならない。もちろん、郡代や代官、遠国《おんごく》奉行なども身分軽き者ながら、幕府を代表してその地にあるため、迂闊《うかつ》なまねはできなかった。

禁裏付が十年、その任にあり、江戸に戻らないのもその一つであった。

「織部《おりべ》の仇《かたき》は余が取る。そなたは手出しをするな」

まだ田安《たやす》家にいたころの松平越中守定信《まつだいらえっちゅうのかみさだのぶ》の付き人の一人であった霜月織部《しもつきおりべ》が、禁裏付東城典膳正鷹矢《きんりづきとうじょうてんぜんのしょうたかや》の家臣、檜川《ひかわ》によって討たれた。その報告に来た霜月織部の同僚津川一旗《つがわいっき》に、松平定信が仇討ちは任せろと宣した。

とはいえ、老中がたいした用もないのに、京へ行くわけにはいかない。老中の行動は、幕府の方針でもある。

「忍びで上洛するという方法もあるが……」

非公式となれば、かなり面倒は減る。

「……だが、それほど長く江戸を留守にはできない」

松平定信は老中首座という地位にある。が、将軍である家斉《いえなり》との仲は芳《かんば》しいとはいえなかった。

「父、一橋民部《ひとつばしみんぶ》に大御所の称号を」

家斉が御三卿の当主でしかなかった父一橋治済《はるさだ》に、前将軍の称号を朝廷へ要求した。

「将軍に就《つ》いたことのない者に大御所の称号は僭越《せんえつ》なり」

朝廷の返事はにべもなかった。というのは、大御所称号の問題が起こる少し前、朝廷から幕府へも同じような要求が出ていた。

「主上の父君、閑院宮典仁親王殿下《かんいんのみやすけひとしんのう》に、太上天皇《だじょう》の称号を与えたい」

後桃園《ごももぞの》天皇に跡継ぎがなかったため、閑院宮家から高御座《たかみくら》へ上った光格《こうかく》天皇は、実父閑院宮典仁親王を飛びこえた形になったことを気にして、せめて太上天皇の称号を許そうと幕府へ問い合わせた。

「帝《みかど》でなかったお方に太上天皇の称号は前例なし」

それを松平定信が蹴飛ばしたのだ。

朝廷は称号を与える側なのに、なぜ幕府へ認可を求めたのかというのは、金の問題があったからだ。

太上天皇となれば、天皇の隠居所たる仙洞御所《せんとうごしょ》を建てなければならなくなる。他にも、閑院宮家から独立した知行《ちぎょう》もいる。それらを手当できるほど、朝廷には余裕がなかった。

そして幕府は松平定信のもと、田沼主殿頭意次《たぬまとのものかみおきつぐ》がおこなった拡大経済を倹約へと矛先を変えており、朝廷の費《つい》えとはいえ、あっさりと認めるわけにはいかなかった。

「不遜《ふそん》なり」

光格天皇は望みが叶わなかったことに激怒、幕府からの要求を拒絶した。

「躬《み》の願いが……」

当然、家斉も怒った。

たかが仙洞御所という名の隠居所一つ、二千石ほどの知行、将軍からしてみればさほどではないものを倹約だとして断った松平定信の行動が、父一橋治済への栄誉を潰した。

「役立たずが」

家斉が吐き捨てた。

松平定信と家斉は、十一代将軍の座を巡って争っていた。というか、端《はな》から家斉が松平定信を相手にすることなく、勝負は付いた。

十代将軍家治《いえはる》には跡継ぎがいなかった。唯一の男子だった家基《いえもと》が急死、その後子供ができなかった。

そこで十一代将軍となるべき者を選定しなければならなくなった。その一人が、当時田安家にいた賢丸《まさまる》こと松平定信であった。

松平定信は祖父である八代将軍徳川吉宗《よしむね》を神のように尊敬していた。

「吉宗さまが引き締めた幕府を、田沼主殿頭が崩した」

倹約で幕府の財政を建て直した吉宗の成果は、その死とともに崩れ、ふたたび幕府は浪費の限りを尽くした。

「余が将軍となったら、まず最初に田沼主殿頭を放逐《ほうちく》してくれる」

少年の清潔さが松平定信を先走らせた。

「小うるさい血筋だけのがきが」

田沼意次は松平定信をうっとうしく思い、一橋治済と手を組み、将軍継嗣の権を持つ御三卿の田安家から、松平の名を冠していながら徳川家の一門ではない白河松平家へ養子に出した。

そして一橋治済の息子豊千代《とよちよ》を十一代将軍にした。

同じ御三卿の血筋でありながら、立場には天と地ほどの差がある。

「おのれ……田沼主殿頭と組んで、幕府を思うがままにいたしおって」

松平定信にしてみれば、一橋治済は不倶戴天《ふぐたいてん》の敵である。その敵に大御所の称号など論外だと思っていた。

となれば、家斉の要望など、どうでもいい。朝廷が認めたならば、それはしかたないが、全力で押しこむ気にはならない。それどころか、断ってくれていいというくらいの気持ちで交渉した。

「躬の命をないがしろにした」

まだ若い家斉は気づかなくても、周囲にいる側用人やお側御用取次は優秀な人物が多いこともあり、松平定信が本気で取り組んでいないことを見抜き、それを報告した。

家斉は松平定信が、己を将軍として認めていないと知る。

こうして将軍と老中首座の間には、修復不可能なひびが生じた。

「どうにかして松平越中守を老中首座から落としたい」

いかに将軍とはいえ、家斉は分家から入ったうえに若い。なんの罪もない老中首座を放逐するようなまねはできなかった。それこそ、御三家、御三卿、譜代名門の大名たちが家斉に厳しい目を向ける。

「一門で幕府を支え続けてきた老中首座さえ捨てるとあれば、我らなどもっと簡単に潰そうとする」

「いかにお若いとはいえ、あまりに愚か。あのようなお方に天下をお任せするのは、いかがなものか」

直系の将軍を排除するのは謀叛《むほん》といえるが、傍系から入った者ならば代わりはいくらでもいる。

「上様、お病《やまい》深く、御隠居なされる。代わって某《なにがし》が十二代将軍の座に就く」

まだ己の足下を固めていない家斉を押しこめ隠居させるのは、さほどの難事ではない。

それがわかっているからこそ、家斉は松平定信を老中首座として置いている。

だが、それも松平定信の権力が勝っている間のことでしかなく、少しでも陰りが見えれば、牙を剝《む》く。

「江戸を離れるわけにはいかぬ」

老中たちは松平定信の腹心で固めているとはいえ、目が届かなくなったときにどう出るかはわからないのだ。

「そろそろ乗り換える時期かの」

「越中守どのの威にも陰りが見えて参ったようじゃ」

機を見るに敏でなければ、政《まつりごと》などできない。

「お若い上様の御世は続く」

「寝返るならば、早いほどよい」

そして、恩や柵《しがらみ》に縛られるようでは、執政の座には上れない。

「なにとぞ、よしなに」

白河松平家へ養子に出された松平定信自体も、仇敵田沼主殿頭のもとへ挨拶の金を持っていって、老中への推挙を頼んだのだ。

配下たちがいつ裏切るかわからないことは、重々承知している。

「典膳正を江戸へ召喚するか」

松平定信は苦悩した。

禁裏付は十年というのが慣例になっている。今回、鷹矢を朝廷への圧迫として使うため、前任者を無理矢理異動させた。もう一度同じまねをすれば、無理がくる。

「なぜ、禁裏付などという形骸《けいがい》にこだわる」

朝廷目付などと怖れられているが、朝廷と幕府の間に緊張は長くない。禁裏付の役目はあってもないに等しい。

松平定信に敵対している者は、家斉だけではない。田沼主殿頭の残党も松平定信の傷を探している。

「東城典膳正を調べよ」

当然、注目が集まる。そこから松平定信に手が伸びるかも知れないのだ。

「……なにかしらの理由がいる」

鷹矢を江戸へ呼び出す正当な理由が要《い》った。

「報告を求めると言ったところで……」

禁裏付は老中支配ではあるが、任地にあるときは京都所司代の管轄となる。なにかしらの報告や事情聴取を求めるならば、京都所司代を通じなければならない。

そして京都所司代は、松平定信の政敵田沼意次の腹心でもある戸田因幡守忠寛《とだいなばのかみただとお》が務めている。遠国にあるため、田沼意次の失脚に合わせて解任できなかったのだ。

京都所司代は、老中へ至る最後の役職とされている。かならず京都所司代から老中へ出世するわけではないが、ほとんどは数年で江戸へ戻り、執政になっていく。

京都所司代が実質的な権限を失い、名前だけになったのも、京都所司代である数年の間に、執政として要りような素養を身につけるためだとまで言われている。

つまり戸田因幡守もそこまで上ってきていたのだ。まさに、あと少しで老中まで来ておきながら、松平定信が田沼意次を失脚させてしまい、足踏みを余儀なくされている。

いや、もう執政への芽は摘まれてしまった。まちがいなく戸田因幡守は、数年以内に京都所司代を辞めさせられ、そのまま無役になる。

戸田因幡守にとって、松平定信は敵である。

その敵に、鷹矢のことを訊くなど、どこに気を遣っているか、なにを求めているのかなど、すべてを教えるに等しい。

「わざわざ弱みを晒《さら》すわけにもいかぬ」

松平定信が悩んだ。

「……禁裏付を疑われずに、江戸へ呼び出す」

ふと松平定信が目をすがめた。

京都所司代を通じず禁裏付を召し出すことは、老中支配の原則から問題なくできる。

ただ、そうなれば鷹矢を呼び出す理由がなくなる。

禁裏付は二人おり、鷹矢はその一人には違いないが、まだ赴任して一年に満たぬ新参でしかない。

「近頃の朝廷はどうじゃ」

老中が問うとなれば、禁裏付の役目にかかわることになる。そうなれば、鷹矢よりも古参の禁裏付、黒田伊勢守《くろだいせのかみ》を呼ぶのが普通であった。

「なにもお役目のことで呼び出さずともよい。東城の家にかかわることだとすれば、よい」

武士にとって家ほど大事なものはない。家は武士の根幹ご恩と奉公にかかわる。遠国役でも、家になにかあれば江戸へ戻ることは許された。

松平定信が思案の方向を変えた。

「……餌《えさ》が要るか」

小さく松平定信が呟《つぶや》いた。

二

禁裏付の役目は朝廷の監視、監察である。とはいえ、幕府と朝廷の仲がよいときは、仕事がない。公家が多少の罪を犯したくらいならば、見て見ぬ振りをするからである。

これは幕府にとって、島津《しまづ》や毛利《もうり》、伊達《だて》などの外様《とざま》大名よりも面倒な朝廷との関係を壊さないようにとの気配りによった。

公家というのは、日頃官位をあげるという実利の伴わない出世を互いに競い合っている。どちらが先に出世の最後極官へと昇るかを気にし、己の立身よりも他人を蹴落とすことに夢中になる。

これこそ公家の本性であった。

しかし、親子、兄弟、一門、近隣で相争っていても、武家が朝廷に手を出してくると一丸となって抵抗してくる。

先祖代々、武家では痛い思いをしているからか、幕府との対決となれば損益をこえて手を結ぶ。

現在、朝廷と幕府の仲は、太上天皇号、大御所称号の問題で悪化している。

しかし、これは天皇と将軍の願いが原因であり、どちらも引くに引けない状況になっている。

もっとも天皇の希望を蹴飛ばしたのは松平定信であり、大御所称号を許さなかったのは光格天皇と、格には大きな違いがある。本来ならば、大御所称号を望んだときに、太上天皇号を認め、謝罪したうえで仙洞御所の建築にかかっていなければならない。

それを松平定信はしなかった。

「面目か」

鷹矢は百万遍《ひゃくまんべん》の禁裏付役屋敷で、吐き捨てた。

「しゃあおまへんなあ。武家が折れた前例はおまへんよってなあ」

朝廷仕丁《しちょう》の土岐《とき》が飄々《ひょうひょう》と口にした。

「老中といったところで、将軍の家臣、主上から見れば陪臣に過ぎないというに……」

大きく鷹矢が嘆息した。

「陪臣が朝廷に横車を押した例やったら、いくらでもおますけどな。戦国の織田前右府《おださきのうふ》、三好筑前守《みよしちくぜんのかみ》」

土岐が指を折った。

「力が正義か」

「そうですなあ。かつては朝廷も武力で天下を獲《と》りましたし。力ある者が勝つ。当たり前ちゅうたら、当たり前ですわなあ」

鷹矢の嘆きに、土岐が応じた。

「ならば、禁裏付はなんのためにある」

「鬼瓦《おにがわら》でっせ」

「……鬼瓦」

土岐のたとえに、鷹矢が首をかしげた。

「脅しだけ。実態はあってもなくても一緒。いや、造るのに無駄な金がかかるだけ、損ですな」

「禁裏付は無駄遣いか」

鷹矢があきれた。

「朝廷なんぞ、見張るからあきまへんねん。幕府が気にするから、公家たちは己たちに価値があると思いますねん。幕府は公家を怖れていると」

土岐が嘲笑を浮かべた。

「だが、朝廷には大義名分があるぞ」

将軍といえども、朝廷から任じられなければ、その地位には就けない。朝廷が徳川から征夷大将軍の官を剝奪すれば、幕府はそのときをもって消滅することになる。

「大義名分で戦えまっか」

鷹矢の発言に、土岐が鋭い目をした。

「戦えよう。徳川を朝敵に指名し、各地の大名に追討の詔《みことのり》を出せば、たちまち天下は大乱に陥る」

「誰がそんな詔に従いますねん」

土岐が不思議そうな顔を見せた。

「毛利や島津が……」

「本気で言うてはりますんか」

「…………」

鷹矢が黙った。

「わかってはりますやろ。今の大名に、気概がないということは」

「……ないな」

眉《まゆ》をひそめながら鷹矢が認めた。

「武家が使いもんにならんことを認められまへんか」

「むう」

土岐にたたみかけられて鷹矢が唸った。

「それやったら、公家と一緒でっせ。いつまでも過去の栄光を忘れられへん。武士が強かったのは、もう百年から昔のこと。武士は公家がたどってきた道をそのままま ねてるだけでっせ」

「公家のたどってきた道……」

鷹矢が繰り返した。

「固まった格式を後生大事に守り続ける。上は下に裏切られぬよう、懐柔あるいは押さえつけ、力を奪う。家臣から力を奪えば、下剋上はないと安心できる。阿呆《あほう》の考えることや」

鼻で土岐が嗤《わら》った。

「家臣に力があってこそ、主君は強くある。そうでっしゃろ。槍《やり》も鎧《よろい》も身につけていない兵を率いて戦えますかいな。下剋上をされぬように、上に立つ者がまとめあげる。揺らぎない忠誠を捧げさせるために、主君として十分な素養を身につける。これができへんさかい、下の者の牙を抜く」

「……………」

「牙を抜かれた犬なんぞ、吠えたところで蹴飛ばしたら終わりや。違いまっか」

　土岐が鷹矢を見た。

「大義名分なんぞ、弱い者の護符。天下を敵に回すぞという脅し。でも、その脅しを震えながら口にしたところで、効果はおまへん」

　土岐がばっさりと斬り捨てた。

「幕府もおんなじですわ。ほんまに大御所称号が欲しいなら、松平越中守が上洛して、五摂家を説得しはったらすむこと。いかに主上が嫌やと仰せられても、五摂家が揃って幕府へ屈したら、それ以上は……」

　光格天皇がまだ閑院宮家にいたころから仕えている土岐である。さすがに最後までは言えなかった。

「老中首座が軽々に動くわけにもいくまい」

「えらそうにしてますけどな、老中首座なんぞ、そのへんの店の大番頭と一緒ですがな。主《あるじ》から帳場の鍵を預かっているだけ。主がそれを取りあげたら、ただの奉公人に戻るしかおまへん」

「そなた……」

　将軍より権を持つとも怖れられる老中首座を奉公人と同列にする土岐に、鷹矢はあきれた。

「まちごうてはおまへんやろ」

「……たしかにそうだが、越中守さまが大番頭ならば、吾など小僧だな」

「小僧やなんて……なんを言うてはりますねん。典膳正はんは、そのへんの人足ですがな」

苦笑する鷹矢に、土岐が止《とど》めを刺した。

「人足か……なぜ人足なのだ」

怒ることなく、鷹矢が問うた。

「身体を動かすだけで、頭を使えへん」

「無礼な」

「土岐はん、それは」

はっきりと言った土岐に、部屋の隅でじっと二人の話を聞いていた布施《ふせ》弓江《ゆみえ》と南《なん》條《じょう》温子《あつこ》が憤《いきどお》った。

「落ち着け」

鷹矢が二人を制した。

「吾のために怒ってくれたことはうれしく思う。だが、今は辛抱してくれ。土岐の話をすべて聞いてから、今後出入りを禁じるか、飯の代わりを許さぬか、菜を一品減らすかを決めればよい」

「うわっ、きついことを」

かばわれたはずの土岐が焦った。

「仰せのとおりにいたしましょう」

「わたしらが決めてよろしいんですね」

弓江と温子が冷たい嗤いを浮かべた。

「勘弁やあ」

土岐が身を縮めた。

「もう、ここで夕飯と朝飯食うのが習慣になってもうてるねん。今更、家で粟《あわ》と稗《ひえ》の混じった米だけの飯は嫌やあ」

情けない声を土岐があげた。

「ええから、早よう話し」

きつい目で温子が命じた。

「美人ほど怒ると怖いわ」

土岐が身を震わせた。

「いい加減にしろ」

話が進まないと鷹矢が促《うなが》した。

「……すんまへんなあ」

土岐が痩《や》せた顔をつるりと撫《な》でた。

「典膳正はんが、人足やと言うたんは、どんだけ出世したところで執政にはなられへんということですわ。店の奉公人なら、小僧から手代、手代から番頭と、能力と経験で上っていけますけどな、これは幕府でいうところのお大名、それも譜代名門の方に限った話で、お旗本はんではなあ」

「たしかになれぬな」

鷹矢が納得した。

過去、旗本どころかもっと身分の低いところから、執政にあがった者はいた。

三代将軍家光《いえみつ》のときに老中となった松平伊豆守信綱《いずのかみのぶつな》、五代将軍綱吉《つなよし》のときに大老格となった柳沢美濃守吉保《やなぎさわみののかみよしやす》、七代将軍の扶育として権を振るった間部越前守詮房《まなべえちぜんのかみあきふさ》、そして十代将軍家治の寵臣であった田沼主殿頭意次である。

なかでも間部越前守は武士でさえない能役者の出であり、田沼主殿頭に至っては祖父が浪人であったという出自を持つ。

それに比べれば、三河以来の譜代である東城にもその目はあるといえる。だが、思わぬ出世をした者たちには共通があり、鷹矢にはそれがなかった。

将軍の寵愛である。寵愛あるいは信任がなければ、とても小身の者が天下の大権を預けられることはない。

「なるほど、生涯下働きか」

鷹矢が苦笑した。

「人足よりはましですな。仕事せんでも飯は喰える」

土岐が口の端を吊り上げた。

「たしかにそうだ」

苦笑したままで鷹矢がうなずいた。

「典膳正はん」

すっと土岐からふざけた雰囲気が消えた。

「どないしはりますねん」

土岐が訊いた。

「禁裏付の役目をまっとうする……そう言えなくなった」

鷹矢も表情を険《けわ》しいものにした。

松平定信が鷹矢に付けた監視者でもあった霜月織部を死なせた。

かつて鷹矢がまだ巡検使だったころに命を守ってくれた霜月織部を、檜川が待ち伏せして斬った。

そして、それを鷹矢は認めた。

鷹矢は松平定信と敵対する道を選んだ。

「それについては、申しわけおまへん」

土岐が手を突いた。

「主上のお気持ちを守っていただくには、やむをえぬこととわかってはおりますけど……ほんまに申しわけおまへん」

深々と土岐が謝罪した。

「顔をあげてくれ」

鷹矢が土岐の手を取った。

「しゃあかて、典膳正はんの出世は断たれてしもうた」

「それも定めよ」

まだうつむく土岐に、鷹矢が述べた。

松平定信の走狗《そうく》を受け入れることで、鷹矢は禁裏付という役目を与えられた。十年という長い年月を京に縛られることになるが、無事に任を果たせば、江戸に戻れたうえ、相応の出世をする。なにより大きいのは、足高制で与えられていた役料と本禄の差、東城家の場合本禄六百石なので禁裏付の役高千石との差、四百俵がそのまま加増されることだ。

これは八代将軍吉宗が考えた足高の穴のようなものであった。

優秀でありながら本禄が不足しているため、向きの役目に就けない者を登用することを表向きの理由として作られた足高は、その役目にある間だけ、不足分を玄米で支給されるというものである。

しかし、その本来の目的は、役高に応じて加増してきた従来の弊害を止めるためであった。

足高は加増ではない。役目を辞めるか、転属すると取りあげられる。加増が本禄へ足され、役目を辞めようが、本人が隠居しようが、そのまま受け継いでいけるのに比して、足高は、一定期間のみの加算に過ぎない。

こうすることで、永遠に続く出費を止め、一時的なものにする。

「親は出来物だったが、子はどうにもならぬ」

加増してしまうと無能に無駄金を遣うことにもなる。

吉宗はそれを避け、幕府の負担を減らす方法を編み出した。たしかに、足高で幕府の財政逼迫《ひっぱく》は少しながら緩和された。

「一生懸命役目に尽くしても、辞めればそれまでか」

だが、欠点もあった。

役目を終えると元に戻るというのは、役人のやる気を削ぐ。

「十年以上、役目にあって功績を挙げた者には、足高された現米を、本禄として支給する」

幕府は吉宗の死を待っていたかのように、足高を骨抜きにする慣例を打ち出した。

禁裏付は、ものの見事にこれに当てはまった。

つまり鷹矢は江戸へ戻ったときには千石になっていたはずであった。

とはいえ、これは明文化されてはいても、かならず全員に当てはまるとは決まっていない。二十年やったが、加増をされなかった者もいる。三年で加増されたうえ、栄転する者もいる。

ようは、施政者の気分次第であった。

「本禄まで削られることはなかろう」

鷹矢がため息を吐《つ》いた。

「そこまでして、典膳正はんに死なば諸共《もろとも》となられても困りますやろうしなあ」

土岐も同意した。

「執政に傷はあってはならない」

「神さまではあるまいに」

幕府は老中の失策をできるだけ認めないようにしている。認めると任命した将軍まで責任がおよびかねないからだ。

「それに越中守はんは、足下《あしもと》が緩《ゆる》い」

「……………」

土岐の発言に、鷹矢は無言で同意を示した。

「表で咎められへんなれば……」

「死人に口なしだろうな」

幕府と朝廷、松平定信と田沼意次の残党、松平定信と家斉、いくつもの騒動に巻きこまれた鷹矢は、もうなにも知らない若き旗本ではなくなっている。

天下という化けものの魅力に取りつかれた連中の欲望を振り払うため、鷹矢も人を斬り、慕ってくれている女たちに辛い思いをさせた。

それを踏まえて、鷹矢は走狗であることを止《や》めた。いや、松平定信に敵対すると宣した。

「どないしてきはりますやろう」

温子が不安そうに吾が身を抱いた。

「松平越中守さまは、よくも悪くも幕府の権威を守られるお方だ。まず、禁裏付役屋敷への襲撃はなさるまい」

禁裏付は京都所司代の陰に隠れているが、幕府が朝廷に突きつけた刃《やいば》である。その刃は幕府の強硬な意志を体現している。そこへ打ちこみ、禁裏付を殺すなど、幕府の権威を落とすことになる。松平定信は、それを絶対にしないと鷹矢は確信していた。

「あのもう一人のお方はどないですねん」

「津川か」

「名前は覚えてまへんけど、剣呑《けんのん》な空気を纏《まと》ってはったお侍ですわ」

「ならまちがいないな。松平越中守さまが手出しをするなと命じられれば、それに従おう。決して、一人の感情で動く男ではない」

土岐の質問に鷹矢が答えた。

「となると……禁裏へあがらはる途中もない」

「京洛では大丈夫だろうな」

確認するような土岐に、鷹矢が首を縦に振った。

「誰かわからんように、人を雇うということはございませんか」

弓江が尋ねた。

「禁裏付という役目の威を汚すことはなかろう」

鷹矢が首を横に振った。

「となると、典膳正はんを辞めさせる」

「それしかなかろう」

土岐の言葉に鷹矢が同意した。

「辞めさせられる理由はおますか」

「理由くらいいくらでも付けられよう」

重ねて問うた土岐に、鷹矢が小さく笑った。

「火のないところに煙を立てるのが、政をなすお方の得意技ですわなあ」

土岐も嘆息した。

「もし、そうなったら、どないなりますのん」

青い顔で温子が訊いた。

「よくてお役ご免のうえ、謹慎。悪ければ、切腹もあるな」

「せっ……切腹」

「………」

公家の娘である温子がさらに血の気を失い、武家の出の弓江が唇を噛んだ。

「役目に未練はない。ただ、ゆえなき罪に従うなどごめんだ」

鷹矢が告げた。

「ゆえなきですかあ。微妙なところでんなあ。向こうにしてみれば、十分言うだけの理由は用意できますねんやろ」

「できるな」

「ほな、ゆえなきは要りまへんな。抗《あらが》いますねんやろ。へんな言いわけを付けるのは止めなはれ」

「吾が気迫が言いわけか」

土岐に言われた鷹矢が、小さく呟いた。

三

京都所司代戸田因幡守のもとに、奥右筆《おくゆうひつ》からの書状が届いた。

「奥右筆からだと……」

用人が差し出した書状を、怪訝《けげん》な顔をしながら戸田因幡守が受け取った。

奥右筆は幕府の表にかかわるすべての届け出を監督する。

「これは、勘定方へ差し戻しを」

たとえ老中からの書類でも、奥右筆にはその不備を指摘し、拒絶する権が与えられている。

「書式が違っている」

「少し放置しておくか」

と同時に、どの書類から処理するかの判断も委《ゆだ》ねられている。

なによりも大きいのが、大名、旗本の家督相続、役職任免の手配であった。

「いささか、あのお方ではお役は厳しいかと」

「何々家には何役を命じた前例がございませぬ」

奥右筆が認めなければ、家督相続も役職任免も留まった。

もちろん、幕府が認めたものを奥右筆が無にすることはできないが、嫌がらせはで
きる。奥右筆の花押《かおう》が入らない限り、その書類は効力を発しない。

「あれはどうなった」

そういった問い合わせには、

「ただいま手続き中でございますれば」

「これを優先せよと仰せならば、こちらに溜まっておりまするすべての書付《かきつけ》の差し出

し人へ許しを得ていただきたく」

こう反論される。

「生意気な、たかが奥右筆風情が」

そこで権力を振りかざした者は、将来すさまじい後悔をさせられる。

「家督相続の願い、はて出ておりましたかの」

「参勤交代の日付け届け……知りませぬな」

家の存亡にかかわる書付をいじられる。

「…………」

結果、老中といえども奥右筆を前には黙るしかなかった。

奥右筆は頭でさえ四百石と身分は低いが、それこそ側用人に等しい力を持っていた。

「どれ……」

戸田因幡守が書状を開いた。

「……なるほどの」

読み終わった戸田因幡守が小さく笑った。

「越中め、足下の足下を留守にしておるわ」

戸田因幡守が書状を用人へ渡した。

「拝見いたしても……」

「読め」

確かめた用人に、戸田因幡守がうなずいた。

「……これは」

用人が怪訝な顔をした。

「禁裏付東城典膳正にご厚恩ありて、ありがたくもご加増くださる……か」

書状の中身を戸田因幡守がそらんじた。

「それがなぜ、殿へ」

「わからぬか」

首をかしげた用人に、戸田因幡守がため息を吐いた。

「奥右筆は、いまだ主殿頭さまの流れを受け継いでいる」

「主殿頭さまの……」

用人が一層わけがわからないといった顔をした。

「いかに先代上様の信頼が厚かろうとも、できぬことはある。天下の政を自在にできても、できぬことがある。それはなにか……そうよ、大名、旗本の出世よ」

戸田因幡守が笑いながら続けた。

「主殿頭さまへの非難でもっとも多いのが、金で出世を左右したというものだ。金を払う者には望みの出世を、そうでない者には左遷を。だが、これこそ主殿頭さまのお力を示していたのよ。そう、主殿頭さまは奥右筆どもをすべて掌中のものとなされていた。奥右筆どもは、主殿頭の指示があったものは、一切の疑義を挟まず、優先して処理をした」

「では、なぜ……」

「なぜ、主殿頭さまが失脚なされたのだと言いたいのであろう」

用人の疑問を戸田因幡守が当てた。

「跡継ぎを失われたからだ」

「…………」

用人が黙った。

田沼意次の嫡男田沼山城守《やましろのかみ》意知《おきとも》は、嫡男のまま若年寄として幕政にかかわっていたが、天明四年（一七八四）三月二十四日、城中で新番士佐野政言《さのまさこと》の襲撃を受け、八日後の四月二日に死んだ。

　三十五歳で若年寄となり、父田沼意次の政を助けていた息子の死は、その威勢に陰を差した。

「知られたのよ。息子が城中で刃傷《にんじょう》に遭ったことでな。多くの者が佐野政言を褒め、主殿頭さまを非難した。そこまで儂《わし》は嫌われていたのかとな」

「……嫌われていた」

「そうよ。どのような権を持とうとも、我らは家臣でしかない。余も主殿頭さまも上様の前では同じ家臣である。当然、抜きん出れば妬《ねた》まれる。もちろん、妬まれるくらいでなければ、仕事もできぬ。他人を押しのけぬ限り、執政の座は奪えぬ。それくらいは主殿頭さまもおわかりであった。だがな、その恨《うら》みが息子に向くとは思っておられなかった」

「逆恨み、いえ、筋違いの恨みだと」

「ああ。佐野政言には佐野政言の言いぶんはあろうが、やったことは田沼家への敵対でしかない。それが主殿頭さまには驚きであったのだろう。また、相手も悪かった。相手が他の老中だとか、若年寄だとかいうならば、まだしも、佐野なんぞ吹けば飛ぶような小旗本でしかないのだ。そんな小者の恨みが息子に届いた。これが主殿頭さまの心を折られた」

戸田因幡守が首を横に振った。

「たしかに専横と言われてもしかたのないことではあったが、主殿頭さまのなさったことは、すべて幕府のためであった。それを政敵とも言えぬ、政がなにかもわからぬ番方旗本に恨まれたとあれば、力も抜けよう。なにせ、相手には新たな政への理想もないのだからの」

「それはきつうございますな」

用人が首肯した。

「ゆえに主殿頭さまは、退《ひ》かれた。だが、すべてを捨てられたわけではなかったのだ」

「それは……」

「越中守。あれが幕府をふたたび古きものに戻そうとするとおわかりであったからよ」

戸田因幡守が用人の質問に答えた。

「現実を見れば、少しはましになるかと思っていたが……かつて越中守を老中となさった主殿頭さまが、嘆いておられたわ。あまりに見るものが小さすぎると。今、一両失うことにこだわりすぎ、それが十年先に百両の損を生むとわかっていない。一両をあきらめることで、将来の九十九両を守る。その観点があやつにはないとも」

「そのようなことを仰せに」

用人が感心した。

「そこまでおわかりでありながら、主殿頭さまは心折れられた。無理もない。余もそこまで嫌われているとわかれば、耐え切れまい。だが、主殿頭さまはやはり違う。己を切り捨てた天下ならば、もうどうにでもなれと放置されるところを、越中によって幕府が無茶苦茶になるのを少しでも防ごうと、奥右筆たちをそのまま残された」

「なんと」

戸田因幡守の説明に、用人が感嘆の声をあげた。

「奥右筆どもの頑張りで、いくつかの改悪案が消え、残ったほとんども規模縮小されるか、停止をくらっている」

「止まっていると」

「うむ」

確かめる用人に戸田因幡守が首を縦に振った。

「越中守さまは、それにお気づきではないと」

「気づいてはおるまい。でなくば、越中守が急がしておろう」

戸田因幡守が首を左右に振った。

「越中はな、出がよすぎるのよ。将軍家に近い御三卿の家柄に生まれ、その後養子に出されたとはいえ、譜代の名門白河松平じゃ。下々のことなど知りもすまい。それに田安にいたときは将軍に、白河に出てからは老中にと上ばかり見ていたからな。奥右筆など筆写ていどにしか思っておるまい」

にやりと戸田因幡守が笑った。

「では、なぜその奥右筆が殿に……」

「見ておるのだろう。主殿頭さまなき後の余が、仕えるにふさわしいかどうかをな」

戸田因幡守が述べた。

「殿のご器量を推《お》し量《はか》るなど、無礼な」

「よい。見せてやればすむ。奥右筆どもを従えれば、老中、いや、首座にも手が届くゆえな」

怒る用人に、戸田因幡守が告げた。

「では、東城典膳正を呼び出せ」

「今からでございまするか」

「いや、慣習は守らねばなるまい。慶事は朝の内、凶事は昼からと申すではないか。明日の昼四つ（午前十時ごろ）、所司代まで来るようにとな」

「はっ」

用人が手を突いた。

四

鷹矢のもとに戸田因幡守からの使者が来た。

「明日、四つに所司代まで出向かれたし」

「承知仕った」

「なお、その旨、黒田伊勢守どのにはこちらから通しておきまする」

使者は手配りはこちらですると言った。

「よしなに」

感謝して、鷹矢は使者を帰した。

「なんでおますやろう」

使者が帰った後、温子が疑問を口にした。

「午前中のお呼び出しとあれば、吉事でございましょうが……」

武家の習慣に詳しい弓江も首をかしげた。

「正式なお呼び出しじゃ。なにほどのこともあるまい」

鷹矢は怖れることではないと、二人の懸念を払拭《ふっしょく》しようとした。

「それはあきません」

「油断は禁物でございまする」

温子と弓江が険しい声で鷹矢を戒《いまし》めた。

「京はだまし、だまされてなんぼですねん」

「罠にはまるのは、わたくしだけで十分でございまする」

どちらも厳しい顔で鷹矢に迫った。

「わ、わかっておる」

その迫力に、鷹矢が押された。

「かたなしでございますな、典膳正さま」

そこへ枡屋茂右衛門《ますやしげえもん》が顔を見せた。

「これはっ」

「お出迎えもせんと」

弓江と温子が驚いた。

「台所から声をかけさせてもろうたんですけどな、お返事がなかったので勝手にあがらせてもらいました」

枡屋茂右衛門が鷹矢に無礼を詫びた。

「かまわぬ」

鷹矢が手を振って、気にするなと枡屋茂右衛門を許した。

「聞こえてきましたんですが、所司代はんへお出向きだそうで」

「呼び出しを受けた」

枡屋茂右衛門の問いに、鷹矢がうなずいた。

「お心当たりは……」

「ありすぎて、わからぬ」

鷹矢が苦笑した。

そもそも松平定信の引きで禁裏付となった鷹矢は、田沼意次の残党である戸田因幡守とは敵同士に近い。

そのため京へ来た当初は、戸田因幡守の家臣と遣《や》り合ったりもした。

しかし、今は敵味方という感じではなく、互いに不干渉となっている。そんなところへの呼び出しであった。

「まあ、いきなり包みこんで仕留めるとはなるまいよ」

鷹矢だけに話を持ちかけたならいざ知らず、京都所司代として正式な召喚となれば、そんなまねはできるはずもなかった。

「ところで典膳正さま」

「なにかの、枡屋どの」

鷹矢が先を促した。

「あの女《おなご》は無事で」

「……あの女、ああ、浪《なみ》のことならば、大事ないようだ」

訊いた枡屋茂右衛門に、鷹矢が首肯した。

「それはなによりでございますな」

枡屋茂右衛門が安堵《あんど》した。

「それが、そうでもおまへんねん」

今度は土岐が現れた。

「お邪魔しまっせ」

許可も取らず、土岐が座敷へ入って腰を下ろした。

「姫はん、白湯《さゆ》をおくなはれ」

土岐が温子に要求した。

「ほんに厚かましい」

睨《にら》みつけながらも、温子が台所へ立っていった。

「お手伝いを……」

弓江が後に続いた。

「ようでけた娘はんですなあ」

土岐が他人払《ひとばら》いのために白湯を求めたと悟った温子と弓江に、感心した。

「人は育つものとよくわかったわ」

鷹矢も同意した。

「布施はんなんぞ、酷かったですよってなあ。嫌々、親の言うことだからと露骨に態度に出てましたけど」

「かわいそうなことをしたと思う」

ため息を吐く土岐に、鷹矢が応じた。

弓江は若年寄で松平定信の腹心安藤対馬守信成《あんどうつしまのかみのぶなり》の留守居役の娘である。松平定信から鷹矢の行動を見張るため、許嫁《いいなづけ》として送りこまれてきた。

「吾がもとに来なければ、江戸で普通に嫁に行けたであろうに」

「どっちが幸せか、決めるのは布施はんでっせ。典膳正はんやおまへん」

嘆く鷹矢に、土岐が首を横に振った。

「そうか」

鷹矢がなんともいえない表情をした。

「心配しなはんな。女ちゅうのは、強いもんでっせ。でなければ、腹を痛めて子なんぞ産めますかいな」

「まさに、まさに」

土岐の意見に枡屋茂右衛門も首を縦に振った。

「さて、お二人をいつまでも爪弾きにしておくわけにもいきまへん。話をさせてもらいまひょ」

「そうしよう。で、浪になにかあったのか」

用件に入ろうと言った土岐を、鷹矢が促した。

「あったちゅうのか、なんちゅうのか」

土岐が困惑していた。

「どうした、いつものそなたに比べて、歯切れが悪いな」

鷹矢が軽く驚いた。

「目立ちすぎますねん」

「……どういうことだ」

意味がわからず、鷹矢が戸惑った。

「わかりまへんか。あの浪でっせ」

「……そういうことか」

言われて鷹矢が気づいた。

「もとから美しいというのもおますやろうけど、一度堕《お》ちた女の持つ色香ちゅうのが、どうも男を引きつけるようですわ」

浪は公家の娘ながら、闇の男と添った。その男が鷹矢を狙い、返り討ちにされたことで、頼る術を失い、土岐に拾われた。

「…………」

無言で鷹矢が続きを待った。

「なんせ公家は暇でっさかいな。しやけど、金はない。暇でも金がなければ、遊べまへんやろ」

酒を呑むにしても、物見遊山に出かけるにしても、金は要る。ましてや、女を抱こうと思えば、それなりの費えがかかる。

「その点、御所の雑仕女《ぞうしめ》は金がかかりまへん。畏れ多いことやけど、御所の空き部屋では、よう好き者の公家が雑仕女と盛ってますわ」

「御所でか」

鷹矢が驚愕した。

「雑仕女の衣服は、長襦袢《ながじゅばん》みたいなもんですやろ。裾《すそ》を捲《まく》るだけで、丸出しですわ。公家も袴《はかま》を下ろすのに手間はかかりまへん」

「問題であるな。主上のおわす御所で、淫《みだ》らなまねをするなど」

土岐の話を聞いた鷹矢が憤った。

「止めときなはれ。食いものと色事に口出しされるのは、いっちゃん嫌ですよってな。要らんところで恨みを買うことになりまっせ」

あきれた顔で土岐が手を振った。

「むうう」

土岐の言葉は真実であった。

「でまあ、浪がいろいろと狙われてますねん。それこそ、小半刻（約三十分）ごとに袖を引かれるそうですわ」

「酷いな」

「さすがに摂家はんや名家《めいけ》、羽林《うりん》、大臣家なんぞのええところの公家はんは、いくらええ女でも雑仕女なんぞに手を出しはらへん。ややこしいことになりますやろ」

「女は孕《はら》むからな」

鷹矢が悟った。

公家でも高位になるとお家騒動が当たり前になってくる。そこに大きな腹を抱えた雑仕女が参戦してきたら、収拾が付かなくなった。

「そこでですねんけど、浪を雑仕女から女孺《にょじゅ》へ移したいと思いますねん」

「女孺……」

「御所後宮《こうきゅう》の雑用係ですわ」

後宮は江戸城における大奥に等しい。天皇に仕える女たちがそこで生活をしていた。

「別にかまわぬが……」

なぜ許可を取りにくるのかと鷹矢が怪訝な顔をした。

「後宮に入れてしまうと、まず会えなくなりますで」

「取り調べる……話を聞くこともできぬと」

「そうですわ」

土岐がうなずいた。

「もっとも抜け道はどこにでもおますねんけどな」

「抜け道……」

「後宮へ出入りすることができるちゅうことですわ」

あっさりと土岐が言った。

「なにを……」

鷹矢が絶句した。

「まあ、あんまり使うてええ手やおまへんので、できるだけ避けたいんですわ」

「詳しくは聞かぬぞ」

土岐の笑いを含んだ目に、鷹矢が嫌そうな顔をした。

「ちっ……巻きこんでしまえと思うたのに」

笑いながら土岐がわざとらしい舌打ちをした。

「土岐はん、典膳正さまをからかうのはええ加減にしなはれ」

枡屋茂右衛門が土岐を窘《たしな》めた。

「いやあ、最近、面倒なことが立て続けでちいと不満が溜まってましてん」

「それを拙者にぶつけるな」

鷹矢が土岐の言いわけにあきれた。

「とまあ、雰囲気が柔らこうなったところで、典膳正はんにお願いがおますねん」

「なにが言いたいのかわからぬが、まあ、話を聞くくらいはしてくれる」

　鷹矢が警戒した。

「後宮に入った女が外へ出るのに里帰りが、一番楽ですねん」

「それはそうだろうな。家でなにかあったとき、娘も帰りたいだろうし、家族も呼び寄せたいだろう」

　終生奉公が決まりでもある大奥でも、お末《すえ》と呼ばれる下級女中は宿下がりが許される。

　鷹矢は土岐の話に首を縦に振った。

「ところが、浪の実家は……」

「だろうの。娘が勝手に家を出ただけでも恥であるに、砂屋楼右衛門《すなやろうえもん》の妾《めかけ》となり人を殺してきたのだ。かかわりたいとは思うまい」

　公家も武家も家をなにより大事にする。家さえあれば、子々孫々まで禄がもらえ生きていけるのだ。一人の外れ者のために、それを捨てるわけにはいかなかった。

「かといって、わたいではあきまへんやろ」

独り者の仕丁では、後宮女孺の親元にはなれない。

「ということで、頼んまっさ」

「なにを……」

「浪の親元をお願いしますわ」

飄々と土岐が述べた。

五

翌朝、鷹矢は御所行きの行列を断り、檜川と草履《ぞうり》取りの小者、挟箱《はさみばこ》持ちの中間《ちゅうげん》を供に、京都所司代屋敷へと向かった。

所司代屋敷は二条城の近くで、百万遍と指呼《しこ》の間《かん》である。

正式な呼び出しに遅れると、さすがに咎めを受ける。せいぜい叱りおくで終わるが、経歴に傷が付く。小さな傷だが、いつ祟《たた》るかわからない。

「次の何役だが、誰がよろしかろう」

「それならば、某《なにがし》か東城典膳正のいずれかがよろしいかと」

「では某だの。典膳正は禁裏付のおりに叱りおかれておる」

「それはよろしくない。何役には某がふさわしかろう」

徳川には数万の旗本がいる。しかし、旗本に与える役目は千にもおよばない。結果、役職を奪い合うことになる。

たかが遅刻一つで将来の出世がなくなるかも知れないのだ。

家督を継いですぐに使者番、巡検使、禁裏付と他人も羨《うらや》む出世をしてきた鷹矢だけに、より深い注意が要った。

「禁裏付東城典膳正である。京都所司代戸田因幡守さまのお召しにより参上仕った」

「伺っております。どうぞ、まずはこちらで」

出迎えた京都所司代付与力が、鷹矢を案内した。

「こちらでお待ちあれ」

「承知」

鷹矢は通された下部屋で、着替えを始めた。

正式な召し出しとなれば、身分格式に応じた衣装を身につけなければならない。鷹矢は挟箱に入っていた長袴を身につけ、烏帽子《えぼし》を被った。

この着替えのためにも、早めに着いていなければならなかった。

「典膳正さま、お見えを」

着替えをすませた鷹矢が呼び出された。

「……東城典膳正、参上いたしましてございまする」

書院下座に鷹矢は手を突いた。

「うむ」

大きくうなずいた戸田因幡守が、文箱に入れられていた書状を取り出した。

「控えよ、典膳正」

「はっ」

鷹矢が一層深く平伏した。

「承《うけたまわ》れ。御上よりのお指図である」

一拍、戸田因幡守が間を空けた。

「東城典膳正、近年の精勤を賞し、二百石のご加増を賜《たまわ》る」

「ご加増でございまするか」

戸田因幡守が読みあげた内容に、鷹矢が驚いた。

「頭《ず》が高いわ、典膳正」

思わず顔をあげた鷹矢を、戸田因幡守が叱った。

「申しわけもございませぬ」

あわてて鷹矢がもう一度頭を畳に押しつけた。

「以後、気を付けよ」

戸田因幡守が重ねて叱った。

「加増につき、江戸表へ参ぜよ」

「承って候《そうろう》」

鷹矢が応じた。

大名、旗本の加増は将軍からの思《おぼ》し召しになる。遠国や任地にいる者でも、江戸城へ出府して御礼言上しなければならないのが決まりである。とはいえ、大坂や京都の町奉行などのように、留守をするわけにはいかない役職などの場合は、加増だけ受けておき、御礼言上は後日という形にすることが多い。

幸い、禁裏付はどうしてもいなければならないほど重要ではなく、また二人いるため、一人が任地を離れてもさほどの問題にはならなかった。

「いつ登城いたせばよろしいのでございましょうや」

頭《こうべ》を垂れたままで鷹矢が問うた。

「早急にとしてある。明日にでも発《た》つべきであろうな」

「指定がない……」

戸田因幡守の返事に、鷹矢が怪訝な顔をした。

当たり前の話だが、将軍の一日は起きてから寝るまで、きっちりと組まれている。そこに割りこむ形になるとあれば、何月何日の午前何刻に登城せよと決められているのが当然であった。

「面妖《めんよう》じゃの」

戸田因幡守も同じ思いだと言った。

「因幡守さま」

鷹矢が気を張った。

「余はかかわっておらぬ」

大きく戸田因幡守が首を横に振った。

「京都所司代では、江戸に力は届かぬ」

「…………」

「疑われてもしかたないが、今回は違うぞ」

黙って見上げてくる鷹矢に、戸田因幡守が苦い顔をした。

「では……」

「そなた、越中守どのを怒らせたな」

鷹矢が背筋を伸ばした。

「それは」

「顔色が変わったの。思い当たることがあるようじゃな」

戸田因幡守の指摘に鷹矢が詰まった。

「なぜ、江戸へ召喚したのでございましょう」

表情を緩めた戸田因幡守が述べた。

開き直った鷹矢が問うた。

「京で禁裏付を、おぬしをどうにかするわけにはいかぬからだろう。わかるか、余がおるからじゃ」

戸田因幡守が答えた。

「それで拙者を江戸へ呼び出して……」

「余の力は大津までしか届かぬからの」

鷹矢の発言を戸田因幡守が認めた。

「なにより道中ならば、異変があってもおかしくはなかろう」

「まさに」

戸田因幡守の言葉に鷹矢がうなずいた。

幕府ができて百年をこえ、泰平の世が続いている。天下は統一され、戦乱はなくなった。

戦国乱世ならば、敵の侵攻を少しでも遅くするため、街道は悪路のほうがよかった。しかし、戦いがなくなってものと人が動くようになれば、これは都合が悪い。

少しでも移動が楽になるよう、街道は整備されている。

とはいえ、山越えや河渡りが完全に安全だとは言えなかった。どれだけ街道を整備しても、山のなかだと崖崩れや落石がある。そこまで大きなことでなくても、木の根が張り出したり、穴が開いていたりする。

それに躓《つまず》いて、体勢を崩し、そのまま崖から落ちることもある。

また、長雨が続いたことで河の水位があがり、渡っている最中に足を取られ、流されることもある。

だからこそ、旅立つ者と残された者は、旅立ちの前に水盃《みずさかずき》を交わし、道中の無事を祈りつつ、別れをすませるのだ。

「そなた警固の者を連れてきておらぬだろう」

戸田因幡守が確認した。

「…………」

言われた鷹矢が黙った。

「家事も内政もこなしてくれる者がおるからか、忙しかったからかはわからぬが、油断しすぎじゃ」

「…………」

今度は言い返せなかった。

「それに留守中はどういたすつもりじゃ」

「留守中でございまするか」

「そなたのいない間に、百万遍になにがあるかわかるまい」

首をかしげた鷹矢に、戸田因幡守が脅すように言った。

「……それは」

鷹矢が絶句した。

「江戸へ下るそなたと、残された者、その両方を護れるか」

「…………」

訊かれた鷹矢が口をつぐんだ。

「どうじゃ、同じく越中守を敵とした者同士だ。余が残された者を預かってもよいぞ」

戸田因幡守が勧誘した。

「いえ、お気遣いなく」

鷹矢が首を横に振った。味方ではない相手にわざわざ人質を渡すほど鷹矢は愚かではなかった。

「よいのか。余に預ければ、まちがいないぞ」

もう一度戸田因幡守が要求した。

「結構でございまする」

鷹矢は強く拒んだ。

「そうか。ならば、いたしかたない」

戸田因幡守が述べた。

「余も狙わせてもらうとしよう。浪という女中をな。余には京都所司代としての役割がある。砂屋楼右衛門がおこなった悪事をすべて詳《つまび》らかにせねばならぬ」

もと四位の侍従であった砂屋楼右衛門は、朝廷の闇を担っていた。公家が公家を狙ったくらいならばまだしも、なかには公家が宮家、天皇の寿命を縮めようとしたこともある。

その詳細を砂屋楼右衛門の妾であった浪は知っている。

浪を手に入れる。それは朝廷を言いなりにできる鬼札であった。

「……お手が届くのならば」

鷹矢がじっと戸田因幡守を見つめた。

第二章　万端の備え

一

　京へ戻ることを禁じられた津川一旗は、松平定信から鷹矢が参府してくるという報告を受けた。

「では……」

「うむ。霜月のことを思えば、余が直接引導を渡してやりたいが、御用繁多で江戸を離れるわけにはいかない」

　幕府の役人は、親の死に目にも会えないというのが基本である。人数があり、一人欠けても職務に影響が出ないときならまだしも、代わりのいない執政となると一日の休みを取るのもきつい。

「余が直接手を下すと宣しておきながら……」

松平定信が瞑目《めいもく》した。

「まことに断腸の思いではあるが、そなたに託す」

松平定信は吾が手を汚すと宣しておきながら無念であると強調し、より津川一旗の心を強く打ったのだ。

「越中守さま」

泣きそうな顔をした松平定信に、津川一旗が感激した。

「東城を仕留めてよろしいのでございますな」

「当然じゃ。霜月織部の敵討ちであるぞ」

逸りながらも確認してきた津川一旗に、松平定信がしっかりと首を縦に振った。

「織部に成り代わって、御礼を申しあげまする」

長く苦楽を共にした同僚であり、友である霜月織部のことを、ここまで想ってくれている。津川一旗が泣いた。

「よいか、決して東城を江戸へ入れてはならぬ。江戸へ入るまでに討ち果たせ」

「承知いたしておりまする」

「これを遣え」

首肯した松平定信が津川一旗の前に袱紗《ふくさ》包みを置いた。

「道中はなにかと物入りであろう」

金だと松平定信が告げた。

「……こんなに」

袱紗包みを解いた津川一旗が驚愕した。

金包みが二つ、合わせて五十両がそこにあった。

「さすがにこれほどは要りませぬ」

津川一旗が首を横に振って、もう一度袱紗で包もうとした。

「わかっておる。そこには、人を手配する金も入っている」

「…………」

人を手配すると言われてわからないほど津川一旗は愚かではなかった。

「遣える者ほど金がかかる。そうであろう」

「忠義なき者でございますが」

なんともいえない表情で、津川一旗が松平定信の意見に賛同した。

「そなた一人で仕留められるならば、霜月は死なずにすんだろう」

「……はい」

津川一旗がうなずいた。

霜月織部も津川一旗も徒目付《かちめつけ》をしていた。徒目付は目付の配下で、目見えできない御家人を監督する。他にも江戸城諸門の警衛なども担当する。御家人のなかでも武芸に長《た》けた者から選ばれた。

「東城一人ならば、余もこのような話はせぬ」

「……いたらなさを恥じ入りまする」

今まで鷹矢を襲った者がことごとく敗退したのは、本人の実力ではなく、京で抱えた家臣の檜川にある。大坂で道場を開いていた檜川は、その厳しい稽古で弟子を失い、喰うにも困っていた。その檜川を土岐が鷹矢に紹介したのだ。

「家臣にしていただけるとは……」

道場の主とはいえ、身分は浪人である。浪人は武士ではなく、庶民になる。ただ、仕事の道具だからと両刀を差すのを認められているだけに過ぎない。

そもそも浪人というのは、主君を得られていないからそう呼ばれているだけで、誰もが主持ちになりたいと願っている。

しかし、世が泰平になれば、武は収められてしまい、家臣が余る。余った家臣は藩政に負担をかけると放逐される。放逐された者たちは、なんとかもう一度仕官をしたいと願うが、武士が不要な世のなかでは、まず難しい。

それこそ新たな仕官話など、年に一度も聞けば多いくらいなのだ。いかに道場を開くだけの腕があっても、声などかからない。

まさに飢え死にをするか、いっそ斬り取り強盗に墜ちようかと考えていた檜川にとって、鷹矢の誘いは天に昇るほどうれしくありがたい。

「吾が命をもって、忠節を」

檜川が誓ったのも当然であった。

「まずは、東城の警固を離さなければなるまい」

「……あやつが霜月を討ちましてございまする」

松平定信の言いぶんに、津川一旗が檜川を斬るのは譲れないと告げた。

「津川、まちがえてはいかぬ。たかが家臣を討つのが敵討ちではない。霜月織部を討

て と命じたのは、東城であるぞ」

「………」

説得する松平定信に、津川一旗が黙った。

「不服そうだの。考えてみよ。桶狭間で織田信長公が今川義元公を討たれた。あれで今川は衰退をすることになった。では、今川の家臣たちが恨むのは誰だ」

「信長公でございまする」

「であろう。たしかに、直接義元公の首を獲った毛利小平太も憎まれようが、それ以上に信長公への恨みが深かろう」

「浅はかでございました」

例をあげての説明を受け入れた津川一旗が謝罪した。

「わかったならばよい。そなたは、東城にまちがいなく止めを刺すことだけを考えてくれ。それこそ、霜月織部の恨みを晴らすことになる。なにせ、当主が旅の途中で討ち果たされたとなれば、東城の家は潰れる。いや、残させぬ。余が潰す」

「東城の家が潰れる」

「そうじゃ。旗本の名簿から、東城という名前が消えるのだ」

「おおっ」

聞いた津川一旗が歓喜した。

鷹矢もこれが松平定信による呼び出し策だと気づいていた。

「賞されるほどの手柄など、どこにもない」

戸田因幡守のもとから戻ってきた鷹矢は、呼び出しを案じて集まっていた弓江、温子、檜川、土岐、枡屋茂右衛門の前で苦笑した。

「おまへんわなあ」

土岐が大きくうなずいた。

「これっ、土岐はん」

枡屋茂右衛門が土岐を窘めた。

「京で禁裏付を襲うのは難しいと……」

檜川が眉間にしわを寄せた。

「姑息なまねをしはりますなあ、江戸のお方は」

公家の娘の温子があきれた。

「江戸の者が、皆、同じではございませぬよ」

弓江が首を左右に振ってみせた。

「で、どないしはりますねん」

「戸田因幡守どのを通じての内示とはいえ、奥右筆の花押が入った正式なものだ。断るわけにはいかぬ」

行かざるをえないと土岐の問いに鷹矢が答えた。

「罠とわかってて、はまらなあきまへんとは」

枡屋茂右衛門が嘆息した。

「違うぞ。罠とわかっていれば、十分な備えができる」

考え方を変えればいいと鷹矢が慰めた。

「前向きですなあ」

土岐が笑った。

「ですが、十分な用意はできませぬでしょう」

「……ああ」

痛いところを突かれた鷹矢が息を吐いた。

「檜川と財部《たからべ》の二人では、ちと不安ではある」

鷹矢を合わせて三人では、どうしても目が足りなくなる。夜中も宿だからと安心していられないのだ。

隣の部屋に刺客が潜んでいないとも、夜襲をかけられないとも限らない。当然、不《ふ》寝番《しんばん》をしなければならなくなる。三人で交代して務めたとしても、負担は大きい。とくに不寝番で真ん中を務める者は、少し寝て、起きて、また寝てとなる。とても心身の休みを取ったとは言えない。

それを江戸までの十日ほど繰り返すのだ。

「枯れ尾花に震える日々ですなあ」

枡屋茂右衛門が腕を組んだ。

「わたくしがお供を」

「いえ……」

「ならぬ」

名乗りあげようとした弓江と温子を、鷹矢が制した。

「二人を守り切れぬ」

「命など」

「そうです、典膳正さまに救われた命です。お役に立てるなら……」

女二人が鷹矢に迫った。

「吾に生涯の後悔を背負わせないでくれ」

鷹矢が二人の顔を見た。

「……………」

「……すんまへん」

弓江がうつむき、温子が涙を浮かべた。

「ええ女ちゅうのは、どれだけ辛うとも男を笑顔で送り出すもんでっせ」

土岐が真剣な表情で二人に言った。

「ですなあ。わたくしもご一緒したところで足手まといにしかなりまへん」

枡屋茂右衛門も深く首肯した。

「明日には出はりますねんな」

「そのつもりでおる」

「ほな、わたくしはちと手配してきますわ」

認めた鷹矢に枡屋茂右衛門が告げた。

「手配……」

「四条市場として、このまま恩返しせんと終わるわけにはいきまへん」

枡屋茂右衛門が続けた。

「皆を集めて、江戸までの宿を手配しますわ。安心してお休みになれるお宿を」

「助かるが、よいのか」

鷹矢が問うた。

枡屋茂右衛門は青物問屋の隠居であり、四条市場の顔役を務めていた。その四条市場に最近大坂の商人桐屋利兵衛《きりやりへえ》が乗っ取りをかけてきており、すでに何軒かの店がその軍門に下っていた。

「桐屋へ話が漏れるのは防げまへんが、阿呆なまねはさせまへん。お任せを」

険しい顔で告げて、枡屋茂右衛門が鷹矢の前から去っていった。

「……ありがたいことだ」

枡屋茂右衛門の背中に鷹矢が一礼した。

「かなんなあ」

土岐が苦い笑いを浮かべた。

「そんなまねされたら、わたいだけなんもせんちゅうわけにはいきまへんわ」

「無理をするな」

ため息を吐いた土岐に、鷹矢が手を振った。

「典膳正はんを見殺しにしたとわかったら、わたいが主上はんにお叱りを受けまっさ」

土岐が頭を少し垂れて敬意を表しながら言った。

「主上にお伝えするつもりか」

鷹矢が驚愕した。

「当たり前でんがな。主上はんが典膳正はんをお召しになられたとき、いてまへんと言えまっかいな。なんでやとなったときに、あわてて事情をお耳に入れるなんぞしてみなはれ、主上はんがお怒りにならはりまっせ」

「いくらなんでも……」

「主上はんは、お優しいお方ですけどなあ。お怒りになられるときは、なられますねんで」

まさかと言った鷹矢に、土岐が述べた。

「今回の大御所称号でも、幕府が筋道を通さへんからお怒りになられて、お認めになりまへんねん。力では将軍が勝つかも知れまへんが、座は主上はんがはるかに上や。前の対応を詫びて、それなりのことをしてからお願いしはったら、主上はんもお許しになられますわ。それを天下の執政が一度決めたことを覆すわけにはいかへんやと。傲慢《ごうまん》にもほどがある。綸言《りんげん》汗のごとしというのを知らんのか」

土岐が怒りを露《あら》わにした。

綸言とは天皇が口にした言葉のことである。つまり、一度天皇の口から出た発言は、汗と同じでもとへ戻すことができないとの意味であった。

「主上はんから見たら、たかが陪臣の身分でありながら、綸言を覆させようとしている。己はまちがいを正さずにや」

「…………」

正論を続ける土岐に、鷹矢はなにも言えなかった。

「わかってますんか。もし、これで典膳正はんになんぞあってみなはれ、主上はお怒りになられますすで、幕府に」

「幕府に……」

「今代はもう認めてはられるゆえ、征夷大将軍を剝奪されはしまへんやろうけどなあ。次代はわかりまへんで」

「十二代さまを認めないと」

　鷹矢が息を呑んだ。

「もちろん、そんなことはできまへんわな。幕府が強いし、公家たちも主上はんを説得しはるやろうし」

　そこで土岐が一度切った。

「……それでも主上はんが意地を通される方法はおますねん」

「ひえっ」

　土岐の言いたいことを察した公家の娘温子が悲鳴をあげた。

「わかったみたいやなあ」

　土岐が口の端を吊り上げた。

「どういうことだ」

「………」

武家の出である鷹矢と弓江が戸惑った。

「譲位なさるっちゅうことですわ。天皇でなくなったら、将軍を任じんでもすみますやろ……ですけどたいへんですやろうなあ。ときの主上が譲位なさってまでも拒んだ将軍。世間はどう思いますやろう」

「不敬の根が天下に張る」

嗤いながら告げた土岐に、鷹矢が震えた。

「当たり前のこってすけどなあ、御上を上皇にしておきながら、のうのうと関白や左大臣やとはいきまへん。少なくとも五摂家は皆隠居ですわ。二十をこえる公家が世代を変えることになりまっせ。大事や。ようやく昇った官位を捨てさせられる。この恨みはどこに向かいますやろう」

土岐が表情を消した。

「…………」

鷹矢が絶句した。

二

枡屋茂右衛門は、四条市場に戻るとただちに会合を開くように求めた。

「……ということや。四条市場を何度も助けてもろうている。このままやとわたしらは忘恩の徒と誹《そし》られることになるで」

「江戸までの宿か。うちは、名古屋までしかつきあいがないよって、草津と関くらいしか、紹介でけへんけど、ええか」

「わたいは桑名に親戚筋の船宿がおます」

枡屋茂右衛門の求めに、何人かが声をあげた。

「ちょい待ってえな」

そこに声が割りこんだ。

「おまはんは、谷屋はんの後に入ったお方やな」

「摂津屋幾造《せっつやいくぞう》ですわ。覚えておいておくんなはれ」

目を眇《すが》めた枡屋茂右衛門に、手をあげた初老の男が名乗った。

「さっきから聞いてると、禁裏付はんのお手助けをなさるおつもりのようですが、よろしんですかいな。禁裏付はんは桐屋の旦那さんと遣りあっているお方でっせ。そんなお方の味方をしたら、桐屋はんと敵対することになるとわかってはりますか」

摂津屋幾造が、一同を見回した。

「おまはんに手貸せと言う気はないで。気に入らんかったら、出ていってんか」

枡屋茂右衛門が追うように手を振った。

「そういうわけにはいきまへん。わたいも四条市場に店出してる一人や。四条市場が危のうなるとわかっているのを見過ごすわけにはいかへん」

「四条市場が潰れると」

脅しに近い発言をした摂津屋幾造を枡屋茂右衛門が睨んだ。

「いかに歴史のある四条市場でも、桐屋はんには勝たれへん。金の多寡《たか》が違いすぎる。町奉行所も東西合わせて、桐屋はんの手のなかにある。桐屋はんを敵に回すのは、利口な者のするこっちゃおまへんで」

「そうや、摂津屋はんの言わはるとおりやで」

「桐屋はんに従うてれば、まちがいない」

すでに桐屋利兵衛の軍門に下った連中が声を合わせた。

「どうや、枡屋」

勝ち誇った顔で摂津屋幾造が枡屋茂右衛門を見た。

「用のない者《もん》は帰ってええ」

枡屋茂右衛が犬を追うように手を振った。

「なんやとっ」

摂津屋幾造が目を吊り上げた。

「大坂の出であるおまはんは、わからんでも当然やけどな……京で生まれ育っていながら、ものが見えんにもほどがある」

枡屋茂右衛門が摂津屋幾造に与《くみ》した連中を鼻で嗤った。

「どういう意味だ」

摂津屋幾造が怪訝な顔をした。

「京の者は、目先の儲けより、つきあいを大切にするんやで」

「馬鹿を言うな。つきあいが大事なら、こいつらは店を売らずともすんだやろうが。おまえらが手助けをせんさかい、潰れるよりは売ったほうがましやとこっちに付いたんじゃ」

「……はあぁ」

摂津屋幾造の発言に、枡屋茂右衛門が大きなため息を吐いた。

「なんや」

枡屋茂右衛門の対応に、摂津屋幾造が引っかかった。

「おまはん、大坂から来たばかりやろ」

「そうや。先月末に京へ入った」

「なんで金を貸さなかったか、なんで手を差しのべなんだか、調べる間がなかった」

「なんや、なんや」

摂津屋幾造が焦りを見せ始めた。

「商売は生きもの。儲かるときもあれば損をすることもある。毎日の商いはそういうもんや。でもな、まじめに商いを続けていたら、市場に属している限り左前になることはない」

「…………」

「まあ、それだけではおもしろうない。魚を一匹売って何文、米を升にはかってなんぼ。こんなことばかりでは、なんのために生まれてきたかわからへん。ここは一つ、思い切った大商いに打って出て、一攫千金をと考えるやつも出てくる。これは許される。商いの範囲やからな。ただし、一回だけや。うまくいっても失敗しても、一回で止めなあかん。それが死ぬまで商売を続ける絶対の条件。そして店が傾いても助けを得られへん事情は……」

枡屋茂右衛門が桐屋利兵衛に従った連中を指さした。

「博打にはまる、女に溺れる、身に合わぬ贅沢を覚えること」

「うっ」

「それはっ」

指さされた連中が呻《うめ》いた。

「桐屋はんは、京の商いに食いこむため、事情を知りながら足がかりとして、金を出した。あとあと取り返すことはできると踏んだやろうけど……」

「そうや。旦那の考えはまちがえてへん」

摂津屋幾造が胸を張った。

「これが京やなかったら、大坂や江戸やったら、桐屋はんのもくろみは成功したやろうな。けど、ここは京や。なにより伝統を、どれだけ長く維持してきたかを尊ぶ」

枡屋茂右衛門が桐屋利兵衛の配下となった連中に問うた。

「前と同じように仕入れられてるか、得意先は減ってへんか」

「…………」

配下となった連中がうつむいた。

「……こいつら」

摂津屋幾造が歯がみをした。

「味方やと思うたら、獅子身中の虫やったっちゅうことにならんよう、気を付けなはれや」

嗤いを消して枡屋茂右衛門が摂津屋幾造の相手を終えた。

「ほな、残ってくださった皆はんと打ち合わせしまひょうか」

枡屋茂右衛門が手を叩いて、雰囲気を変えた。

土岐は光格天皇の座所を床下から叩いた。

「……少し庭を愛でる。呼ぶまで離れておれ」

腰を上げた光格天皇が、侍従に指図した。

侍従はその名のとおり、天皇に付き従う者で、警固の役目を兼ねるため、禁中でも太刀を帯びることが許されていた。

「はっ」

とはいえ、禁中で天皇の身に危険がおよぶことなどない。侍従も剣術の稽古などしたことのない公家が出世の途中で任じられる名前だけになっている。

さすがに嬉々として離れていくことはないが、光格天皇の指示に否やはなく従った。

「…………」

いつもの中庭を見渡せる廊下に来た光格天皇が、軽く右足を踏みならした。

「お呼び立てをいたしまして、申しわけもございまへん」

床下から土岐が詫びた。

「かまわぬ。なんぞあったのか」

「このようなことが……」

問われた土岐が述べた。

「不遜なり、越中守」

光格天皇も憤った。

「いかがお考えでございましょう」

かつて気持ち悪いと言われたていねいな口調で土岐が訊いた。さすがにふざけていい問題ではないとわかっていた。

「朕《ちん》としては、不満である。だが、朝幕の間に……」

「ご辛抱はなされまするな」

光格天皇の言葉を土岐が遮《さえぎ》った。

「典膳正ならば、うまくしてのけましょう」

土岐が告げた。

「爺も出るつもりであろ」

「そうさせていただきたく」

手伝うために同行するのだろうと確かめた光格天皇に、土岐が願った。

「うむ。朕のことは気にいたすな。禁中にあれば身の安全は確かである」

土岐の願いを光格天皇は聞き届けた。

「もう一つ、浪のことでございまするが、お側に置いていていただきたく」

「朕の守りをさせるか」

光格天皇がため息を吐いた。

「今更朕の身を狙ってもいたしかたあるまいに」

「追い詰められた者は、なにをしでかすかわかりませぬ」

土岐が油断はできないと警告を発した。

「大御所称号の下賜に反対なされた主上さえ、お隠れになられればと」

「そのようなまね、表沙汰になれば将軍を巻きこんでの大騒ぎになるぞ」

光格天皇があきれた。

「まあよい。爺の心配がなくなるというのならば、よろしかろう。後で勾当内侍《こうとうのないし》へ浪を朕の采女《うねめ》にすると申しておこう」

采女とはかつて地方の豪族から朝廷へ献上という形で贈られてきた女たちのなかでも、とくに容姿に優れた者を選び、食事の支度、着替え、閨《ねや》ごとなど天皇の身の回りの世話をさせた者のことだ。

人質兼、地方豪族の懐柔策としてのものであったが、朝廷の権力が強くなるとともに、地方豪族を取りこむ意味がなくなったため、廃止された。

しかし、公家の出世争いが激しくなるにつれて役職が不足し、采女の取りまとめをした采女正の再置をせざるをえなくなって復活した。

とはいえ、かつてのような天皇の側近くにあり、その閨御用も承った役目は、内侍や典司に奪われ、行事の手伝いをするていどになっていた。

「采女でございまするか。さすがは主上」

名前だけとはいえ、かつては天皇の側に仕えたのだ。前例にうるさい禁中でも、浪が光格天皇の近くにいることを否定することはできない。

「一月足らずの間ではございまするが、なにとぞ」

「爺、無茶をいたすなよ」

「…………」

言われた土岐が黙った。

「やはりそのつもりであったか。越中守への手出しは禁じる」

「主上……」

「爺が朕の側を離れる。それがただ典膳正を助けるためではない。爺は朕のためならば、知人、友人の類いでも見捨てる。そうであろう」

「…………」

ふたたび土岐が沈黙した。

「爺、いや、禁中仕丁土岐。越中守に害を与えることは許さぬ。これは勅である」

「ははっ」

小声ながらはっきりと命じた光格天皇に、土岐が平伏した。

「無事に帰ってきてくれよ、爺」

言い残して、光格天皇が廊下を戻っていった。

三

いかに京都所司代戸田因幡守から話は通すとはいえ、挨拶しないわけにはいかない。

鷹矢は、仕事を終えた黒田伊勢守に面会すべく、相国寺《しょうこくじ》前の禁裏付役屋敷を訪れた。

「用件のほどは因幡守さまより承っておる。ご加増の内志だそうじゃの。めでたい限りである。ときの執政筆頭さまに気に入られると、さしたる手柄もなく恩恵にあずかれる。いや、羨ましい」

不機嫌な顔で黒田伊勢守が鷹矢をあしらった。

黒田伊勢守の家禄は八百石で、鷹矢よりも多い。しかし、今回の加増で石高は並ぶ。もちろん、慣例で黒田伊勢守も禁裏付を十年やった後は千石に加増される。褒賞には違いないが、その理由は慣例であって、鷹矢のように手柄と認められてのものではない。

年齢も家格も優っていた黒田伊勢守としては、おもしろいはずもなかった。

「申しわけもござらぬが、留守の間をよしなにお願いいたす」

嫌味を無視して鷹矢は頭を下げた。

「御懸念にはおよばぬ。禁裏付の御用など、拙者一人で十分でござれば、貴殿はそのまま江戸へ残られても苦しからず」

さらなる嫌味を黒田伊勢守が重ねてきた。

「では、これにて」

それにも応じず、鷹矢は黒田伊勢守の前から去った。

「おのれ、まだ尻の青い分際で、拙者をこえようとするなど……ええい、腹立たしい。

どうしてくれようか」

黒田伊勢守が憎まれ口にも反応しなかった鷹矢に、一層怒りを深めた。

「とはいえ、松平越中守さまの腹心だと今回のことで知れた」

遠国勤務の間に加増は珍しい。禁裏付という役目の性格上、官位が進むことはある。なにせ相手は朝廷なのだ。従五位下なぞ、鼻であしらわれる。ようやく人として認めてもらえるのが、従四位下からなのだ。禁裏付になってから、官位を進められることはさほど珍しくはなかった。

「老中首座さまのお気に入りに余計な手出しはまずい」

前例のほとんどない加増、これが黒田伊勢守をして困惑させていた。

「だからといって、このままにしておけば……」

禁裏付を免じての帰府ではない。禁裏付のままで江戸へ呼び返されている。

もちろん、江戸で加増を受けた後、小姓組頭や京都町奉行などへの出世はありえる。

もし、鷹矢がそうなれば、十年の満期を終え禁裏付から異動する黒田伊勢守の就くべき席が一つ埋まってしまう。どころか、下手をすると加増を褒美として、そのまま無役入りということもありえる。

「少しの間とはいえ、あやつと敵対したのがまずかったか」

黒田伊勢守がほぞを嚙んだ。

「もし、あやつが拙者のことを越中守さまに讒言《ざんげん》すれば……」

苦い顔を黒田伊勢守が見せた。

「……二条大納言《にじょうだいなごん》さまにお話を持って参るしかなさそうだ」

黒田伊勢守が席を立った。


鷹矢の身分であれば騎乗が許される。もちろん、檜川も軍役に応じた騎乗武者としての格を与えれば、馬を使える。

しかし、土岐にはそうはいかなかった。

「日限が切られているわけでもない。徒で行こうぞ」

鷹矢は土岐の手助けを感謝している。一人小者として馬に乗られずは気分が悪い。

「なにより、騎乗では矢を避けにくい」

今回の江戸下向が単なる呼び出しのはずはない。まちがいなく途上で襲い来ると鷹矢は考えていた。

「では、参ろうぞ」

鷹矢が出立を告げた。

「お待ちを」

そこへ枡屋茂右衛門が駆けつけた。

「すみませんなあ、いろいろと手間取ったもので」

枡屋茂右衛門が遅れたことを謝罪した。

「これを」

懐から紙の束を枡屋茂右衛門が取り出し、檜川に預けた。

「それが宿への」

「はい。紹介状でございまする。他にわたくしの絵をお収めした寺社さまから末寺末社へ出していただいたものもございまする」

確認した鷹矢に、枡屋茂右衛門が答えた。

「助かる」

鷹矢が礼を述べた。

「すまぬが、後のことを頼む」

「きっとお二人を守りまする」

今回残していく財部が強くうなずいた。

「お心おきなく」

枡屋茂右衛門も胸を張った。

「わかっているとは思うが……」

配下を代表して見送りに出た禁裏付与力へ、鷹矢が枡屋茂右衛門たちへのものとは違う険しい目つきを向けた。

「禁裏付屋敷が襲われて、留守を守っていた者になにかあれば、余は許さぬ。表沙汰にいたす」

「……承知いたしておりまする」

与力が顔を伏せた。

禁裏付は京に置かれた幕府の出先、役屋敷は支城のようなものである。そこになにかあったときは、幕府の面目を潰すことになる。そうなれば禁裏付の旗本は切腹、改《かい》易《えき》を覚悟しなければならないため、なにかあっても内々ですませ、表沙汰にはしないのが慣習である。

それを鷹矢は公表すると宣言した。

当たり前の話だが、禁裏付が切腹となって配下の与力たちはお咎めなしはありえなかった。一応、目見え以下の身分であることを勘案し切腹はまずないが、お役ご免、放逐は避けられない。場合によってはより酷い目に遭う。もし、配下の与力や同心が手引きをしたり、見て見ぬ振りをしていたとなれば、武士にとって最大の恥辱になる打ち首に処される。

切腹すれば基本その身一つでことも治めてくれるのに対し、打ち首は一族郎党まで影響がおよぶ。それこそ、族滅を喰らうこともあるのだ。

死なば諸共だと言われたに等しい。与力の顔色がなくなった。

とはいえ、実際に配下の同心が桐屋利兵衛の命で、役屋敷勝手口の閂《かんぬき》を外して、刺客を招き入れるというまねをしでかしている。

与力は文句を言えなかった。

「参るぞ」

言いつけることはすべて終えた。

鷹矢がもう一度草鞋《わらじ》に目を落とし、紐《ひも》の緩みがないことを確認して歩み出した。

「ご無事のお帰りをお待ちいたしておりまする」

「待ってるし」

弓江と温子が泣きそうな顔で見送った。


「出たなあ」

摂津屋幾造から報告を受け百万遍まで来ていた桐屋利兵衛が鷹矢を見つけた。

「どないします」

桐屋利兵衛の京店を預かる九平次《くへいじ》が問うた。

「どないするかと訊いたんか」

「……すんまへん」

主の機嫌が一気に悪くなったと悟った九平次があわてて頭《こうべ》を垂れた。

「京を離れてくれるんや。そんなもんに手出ししてなんの利があるねん。帰ってくるまで放置できるだけありがたいと思え」

「へえ」

九平次がより頭を下げた。

「ほな、見張りを外しても……」

「……阿呆。おまえ、大坂へ帰り。もう一回手代からやり直しや。京の店は四郎太《しろうた》に任せるよって」

「だ、旦那さま」

　九平次が息を呑んだ。

「儂が今なにを求めているか、おまえはわかってへん」

「旦那さまは、砂屋の姿を探しておられ……」

「わかっててなんで、見張りを外すと言うたんや」

「それは、禁裏付がおらなんだら、見張る意味は……」

「はあああ」

　九平次の答えを聞いた桐屋利兵衛が盛大にため息を吐いた。

「おまはん、京に来て鈍《にぶ》ったな。生き馬の目を抜いたうえに、それを売り払うと言われた上方での日々を忘れたようや。たしかに京はときの流れが違う。大坂が刹那《せつな》に生きるのに対し、京は悠久《ゆうきゅう》に漂うてる。太閤秀吉《たいこうひでよし》はんがいたころのことを昨日のことのように話す。ほんに化体《けったい》な町や。だからというて、おまえが染まってどないすんねん」

「申しわけおまへん」

あきれる桐屋利兵衛に、九平次が必死で詫びた。

「ええか。さっき禁裏付が出ていったやろ。そのなかにあの朝廷の下働きがおった。しっかりと草鞋を履いて手甲脚絆《てっこうきゃはん》に振り分け荷物という旅支度でな」

「はい」

九平次も気づいていたと応じた。

「つまり、あの仕丁は典膳正に付いて江戸へ行く。となるとあの女はどないなる」

「御所から出られへんのと違いますか」

「そうや。庇護《ひご》者がいないんや、出されたら行くとこがのうて困る」

桐屋利兵衛がにやりと笑った。

「御所から女を追い出せば……」

「やっと気が付いたんか。仕丁がおらんねん。女が頼るのは、吾が身を助けてくれた禁裏付しかない。いてへんとわかっていても、そこに行くしかないんや。それに禁裏付役屋敷へ入ってしまえば、あそこは御上のもんや、なまじの手出しはでけへんところと安心できる」

「なるほど。見張っていれば女がかならず来る」

九平次が手を打って納得した。

「わかったようやな。ほな、ちゃんと見張り。儂は二条はんのとこの松波雅楽頭《まつなみうたのかみ》はんへ女を追い出すように頼んでくるよってな」

「えっ……」

踵を返した桐屋利兵衛に、九平次が間抜けな声をあげた。

「女の顔を知ってるのは、おまはんだけやろうが。砂屋へ依頼に行ったときに女と話してるんやろ」

「そうでっけど。店を放置しておく……」

「四郎太にさせると言うたはずや」

「…………」

店主として役立たずだと言われた九平次がうつむいた。

「しゃあないの。女を無事に捕まえたら、おまはんに五条市場を任せる」

すでに桐屋利兵衛は金で五条市場をその支配下に置いていた。

「ほんまでっか」

九平次が身を乗り出した。

出店と市場の顔役では、市場が上になる。

「その代わり、しくじったときは畿内におられへんと覚悟しいや」

喜んだ九平次に桐屋利兵衛が酷薄な声で告げた。


桐屋利兵衛の訪問を受けた五摂家の一つ二条家の家宰松波雅楽頭は嫌そうな顔を見せた。

「桐屋、おまえもかいな」

「わたくしもと仰せられますると……」

桐屋利兵衛が首をかしげた。

「禁裏付東城典膳正のかかわりやろ」

「そうですけど……」

当てられた桐屋利兵衛が、怪訝な顔をした。

「誰とは言えへんけどな、もう一人、典膳正が京にいなくなっている間に手を打っておきたいというのがおる」

松波雅楽頭が面倒くさいとばかりにため息を吐いた。

「それは、それは……どなたさんですやろう」

懐から紙入れを出した桐屋利兵衛が、小判を数え出した。

「言われへんぞ」

「三枚、いや五枚……」

桐屋利兵衛が小判を床に並べた。

「言えぬぞ」

「さようでございますか。では、一枚引きましょう。四枚で」

「へっ」

五枚の小判から一枚を仕舞った桐屋利兵衛に、松波雅楽頭が啞然とした。

「ま、待て。普通は増やすやろうが」

「お相手の名前を知るだけでっせ。五枚以上の値打ちはないと踏みましたので」

「……むう」

「さて、もう一枚……」

「わかった、わかった」

急いで松波雅楽頭が、小判を手で押さえた。

「まったく、大坂の商人はえげつないわ」

文句を言いながら松波雅楽頭が、桐屋利兵衛に告げた。

「黒田伊勢守や」

「……黒田伊勢守さま。もう一人の禁裏付はんですなあ」

桐屋利兵衛が首を縦に振った。

「なんで禁裏付はんが禁裏付はんのことを」

「…………」

さりげなく訊いた桐屋利兵衛に、黙って松波雅楽頭が手を出した。

「かないませんなあ。お公家はんは、なかなか吝《しわ》い」

苦笑しながら桐屋利兵衛が減らした小判を二枚出した。

「……どうやら黒田伊勢守が東城典膳正にちょっかいを出したらしい。それを江戸で報告されたら……の」

「なるほど。帰る場所がなくなりますか」

桐屋利兵衛が笑った。

「で、用件はそれだけではなかろう」

「一つお願いがございまして……」

「桐屋の願いとは、怖ろしいの」

今度は松波雅楽頭が笑った。

「あの砂屋の女でございますが……」

「………」

「追い出していただきたく」

黙って聞いていた松波雅楽頭に、桐屋利兵衛が告げた。

「御所の雑仕女として仕えているらしいな」

知っていながら曖昧な言い方をするのも公家の特徴である。断言することで、責任が生じるのを避けるのだ。

「難しいで。雑仕女とはいえ、勾当内侍の管轄や。それを追い出すとなったら……」

「二条さまなら、できますやろ」

「今の勾当内侍は、日野《ひの》家のかかわりやったはずや」

渋い顔で松波雅楽頭が腕を組んだ。

勾当内侍は宮中随一の女官である。その実力は大奥でいうところの年寄に匹敵し、五摂家でも遠慮する。

「御所はんの推戴《すいたい》で出たもんやないからなあ」

貸しはないと松波雅楽頭が首を横に振った。

「二条はんの貸しを使うてくれなんぞ、いくらかかるかわかりまへんので、そこまでしてもらわんでもよろしおます」

桐屋利兵衛が手を振った。

「となると金やけど、勾当内侍はちょっとやそっとでは動かへんで」

じっと窺うような目で松波雅楽頭が桐屋利兵衛を見た。

「二条さまへの御礼は別として……二十両」

「足りん」

一言で松波雅楽頭が否定した。

「どのくらいやったら」

「五十両は要るな」

「……それはちょっと」

桐屋利兵衛が眉をひそめた。

「禁裏の女は強欲や。禄なんぞまともにないからな」

「どのくらいもらっておられますんかいな」

桐屋利兵衛も勾当内侍の禄までは知らなかった。

「従五位下格で二百石や」

「二百石ということは……年八十両ほどですか」

松波雅楽頭の返事から、すばやく桐屋利兵衛が計算した。

「やはり五十両は高いですなあ」

桐屋利兵衛が難しい顔をした。

「なら、止めとけ」

あっさりと松波雅楽頭が言った。

「仲立ちの御礼を収めることができなくなりますが」

間を取り持ってくれないならば、金は出さないと桐屋利兵衛が返した。

「かまへん。勾当内侍なんぞという海に千年、山に千年棲《す》んで、次の雨で龍になろうかというような女怪と交渉するくらいならば、なしでええわ」

勾当内侍は、家柄も当然ながら、禁中の女だけでなく、公家たちとも遣《や》り合わなければならない。規模からいけばはるかに小さいながら、大奥を凌駕《りょうが》する面倒な禁中で、そこまで生き延びている。それだけでも勾当内侍が、一筋縄ではいかないと知れる。

「むうう」

桐屋利兵衛が唸った。

「……いたしかたおまへん。五十両出しましょ。ただし、なんもできずで金だけ持っていくでは困りますよってなあ。支払いは女を外へ出してからとさせてもらいましょ」

「それでは、勾当内侍が動かへんで。魚釣りにも餌が要るやろ」

前金は出さないと言った桐屋利兵衛に、松波雅楽頭が首を横に振った。

「わかりました。では、十両」

「二十両は要る。勾当内侍に会うだけでも金がかかる」

取り次ぐ連中にも金を払わなければならないと松波雅楽頭が告げた。

「それは仲立ちの御礼に含まれますな」

十両の上乗せをさらっと口にした松波雅楽頭に、桐屋利兵衛が首を左右に振った。

「いくらかこっちも都合しい。持ち出しはする気ないよってな」

松波雅楽頭があらためて手を出した。

「では、これを」

もう一度紙入れを開いた桐屋利兵衛が、なかから二十両を取り出した。

「半金で」

「…………」

小判の輝きに松波雅楽頭が息を呑んだ。

「では、お願いします」

返答を待たず、桐屋利兵衛が一礼して出ていった。

「……あれだけ金を積んだら、松波も動くやろう」

桐屋利兵衛にとって金を稼がない者に価値はない。そして金を稼ぐ手段を持たない者にとって、小判の重みがどれだけ力を発揮するかわかっていた。

「さて、後は朝廷御用の看板だけやな。それをもろうたら、も京はええわ。大坂へ帰ろ」

桐屋利兵衛が、せかせかと足を速めた。

四

見張りに格下げされた九平次は、一人不満を抱えていた。

「六歳のときに奉公に入って、丁稚、手代、末の番頭と二十年尽くしてきた。まさに夜も日もなく働いて、なんとか旦那の目に留まって、京の出店を任された」

桐屋利兵衛の評判は悪い。金で面をはたくようなまねをする。目を付けた店に無頼《ぶらい》をたむろさせて客を離れさせる。役人に鼻薬を嗅《か》がせて思いどおりに動かし、商売を独り占めにする。

「あんなもん、大坂の商人やない」

「上方商人の面汚しや」

大坂で桐屋利兵衛を排斥《はいせき》する動きが出てきた。

「なにさまのつもりじゃ。商売は儲けてなんぼ。戦の勝ち負けと一緒じゃ。大坂なんぞという狭い世間で満足しているから、あかんねん」

大坂ではぶかれそうになった桐屋利兵衛は、それに対抗すべく御所出入り、朝廷御用の看板を手に入れようと考えた。

御所出入りや朝廷御用の看板は、大坂で名の知れた店でもまず持っていない。京の老舗《しにせ》の独壇場といえる。そこに一代で財をなした桐屋利兵衛は割りこみ、大坂商人たちの上に立ったと証明しようとしている。

九平次の出店はそのための布石であり、店としての儲けよりも、京においての人脈作りが目的であった。

当然、それに適していると思われたからこそ、番頭の末席から出店とはいえ、店主に抜擢されたのだ。このまま話がうまく進めば、京の出店が正式な店舗に格上げされたときの店主になるだけでなく、そこであるていどの手柄を立てれば、大坂本店の大番頭もありえる。

人使いが荒いだけに、桐屋利兵衛は金払いがいい。普通大坂の大店《おおだな》の大番頭は、一年で百両ほどの給金をもらうが、桐屋利兵衛はその倍はくれる。その代わり、少しでも売りあげが芳しくないとたちまち降格、あるいは馘首されるが、やりがいは他の店よりも大きい。数年大番頭を務め、貯蓄に励めば独立することもできる。

奉公人から主になる。身分の固定された今、豊臣秀吉ほどの出世は望めないが、それでも立志伝中の人物として、故郷に錦が飾れた。

九平次はその望外の出世に手をかけていたのだ。

「このままですませるわけにはいかへん」

暗い目で九平次が禁裏付役屋敷を見た。

「今日中に女が来ることはないはずや」

九平次は桐屋利兵衛が女を追い出しにかかったとはいえ、今日の今日はないと踏んでいた。

「砂屋があかんなったのは痛いけど……わいもぼうっとしていたわけやない。まだ伝手《つて》はある」

もう一度禁裏付役屋敷を睨んで、九平次が鴨川を渡った。

鷹矢とその一行は、あまり急ぎ足ではなかった。

「今夜は大津にしまひょ」

土岐が京から半日ほどの大津宿で泊まろうと提案した。

「草津まで行けるだろう」

まだ昼にはなっていない。少しでも距離を稼いでおくべきではないかと鷹矢が問うた。

「へとへとになるのは止めたほうがよろし」

土岐が首を左右に振った。

「それに無理をして足を痛めてもまずいでっせ。どうせ、どっかで無理せんならんようになりますやろ」

「……わかった」

正論だと鷹矢は土岐の意見を受け入れた。

大津は京都三条からおおよそ三里（約十二キロメートル）ほどと近い。明和九年（一七七二）までは京都町奉行所の支配で与力が一人派遣されていたが、差配地が七万石と大きいうえ、東海道、琵琶湖の水運の管理監督もしなければならず、大津代官所が設置された。

「大津代官はんには挨拶しはりますか」

宿場が見えたところで、土岐が訊いた。

「いや、かえって気を遣わすだけだろう」

鷹矢が首を横に振った。

大津代官は布衣《ほい》格を与えられるが、その本来の身分は御家人であり、石高も百俵ほどしかない。

代官は、その支配地でもっとも偉いが、役人としての地位は低いのが通常であった。

「たしかにそうですわな。禁裏付はんの挨拶を下座で受けなければいけないのは、代官はんもええ気はせんでしょうし」

土岐が首肯した。

「もっとも知らぬ顔で通り過ぎるのはよくない。我らがどこまで到達できたかを追えるようにしておかねばならぬ」

「足跡を残すというわけでんな」

鷹矢の言葉に土岐が納得した。

「直接顔を合わせれば、格だ仕来《しきた》りだを重視せねばならぬ。使者を出して、通過するとだけ報《しら》せる」

「それがよろしいわ」

「では、わたくしが先行して」

鷹矢と土岐の話を聞いていた檜川が、名乗り出た。

「任せる。代官所前で待っておれ」

「はっ」

指示を受けた檜川が小走りに駆けていった。

「ええ買いものでしたやろ」

土岐が檜川の背中を見送りながら言った。

「たしかにな。檜川がいなければ、とっくに吾は死んでいる」

鷹矢も素直に認めた。

「それは檜川はんも一緒ですやろう。あのままやったら、そう遠くない間に飢え死にするか、武士の見栄とばかりに切腹するか、あるいは斬り取り強盗に成りさがるか……」

土岐がしみじみと言った。

「武士の生きにくい時代になった」

「公家なんぞとっくに生きにくくなってますわ」

鷹矢のため息に土岐が突っこんだ。

「次は商人の世のなかですやろうな」

「そうか。商人に天下のことができるとは思わぬが」

土岐の考えに鷹矢が同意しかねると言った。

「なんで商人があかんと思わはりますねん」

「商人は儲けを第一にするであろう。政は単純に損得だけでどうにかなるものではない。民のためならば、損をしてもおこなわなければならぬこともある」

問うた土岐に鷹矢が答えた。

「お武家はんならそれができると……」

土岐が薄笑いをした。

「できるからこそ、武家の天下が鎌倉以来数百年続いているのだろう」

「血まみれの天下ですけどな」

述べた鷹矢に土岐が皮肉を返した。

「それは否定せぬが、公家がかつて天下をとったのも同じだろう。神武《じんむ》天皇の東征など、そのままではないか」

「たしかにそうですなあ。大海人皇子《おおあまのおうじ》と大友《おおとも》の皇子の争いも天下を巻きこんでの大乱やったという話ですし」

　鷹矢の反論を土岐は受け入れた。

「天下は血で贖《あがな》うものでっせ。それに気づいたから、朝廷は天下の実権を捨てはった」

「捨てたのを拾ったのが、武家か」

　土岐の言いように鷹矢が苦笑した。

「しかし、天下というものは不思議なもんでっせ。奪い合うときには多大な血が流れますけど、一度落ち着くと長い間泰平になる」

「……本音はなんだ」

　いい加減つきあいも長い。土岐の話し方で、あるていどのことを鷹矢は理解できるようになっていた。

「泰平が曲者」

　短く土岐が述べた。

「……泰平が曲者だと」

「そう思わはりまへんか」

　怪訝な顔をした鷹矢に、土岐が問いかけた。

「泰平はありがたいことです。明日斬り殺されないとは限らんけど、乱世ほど危なくはない。まず、明日はある」

「ああ」

　鷹矢が土岐を促した。

「つまり、かつての朝廷と同じように、武家も矛を収めてしまう。そして収められた矛は錆《さ》び、武は振るわれなくなる」

「…………」

　黙って鷹矢は土岐の意見を聞いた。

「力で天下を奪った者が、その力を失う。このことを典膳正はんは、どうお考えで」

「むっ」

　訊かれた鷹矢が返答に困った。

「…………」

　無言で土岐が鷹矢を見つめた。

「まさか……次の争いが始まると」

「どうですやろなあ。そろそろ徳川はんの天下にも無理がきてまへんか」

「おいっ」

さすがに旗本として聞き逃せない。鷹矢が土岐に注意を促した。

「将軍はんより偉い老中首座はん」

「…………」

今度は鷹矢が黙った。

「それは主上よりも偉い摂関家と一緒ですわなあ」

土岐が続けた。

「有名どころは藤原道長《ふじわらのみちなが》はん。そう、望月《もちづき》の欠けたることもなしと思えばっちゅう詠を残したお方ですわ」

「聞いたことはある」

鷹矢がうなずいた。

今の五摂家の先祖になる藤原北家《ほっけ》から出た摂政、関白である。ときの一条《いちじょう》天皇の中宮《ちゅうぐう》に娘を入れ、権を恣《ほしいまま》にした。

「その後どうなりました。藤原道長はんの死後」

「藤原道長の没年はいつだ」

「今から七百五十年ほど前ですなあ」

鷹矢の質問に土岐が答えた。

「……七百五十年ほど前」

しばし鷹矢が思案した。

「……あっ」

「気づかはりましたようで」

声をあげた鷹矢に、土岐が言った。

「平　清盛《たいらのきよもり》の登場から鎌倉幕府に至る百年ほど前」

「そうですわ。主上より偉い公家が幅を利かせて百年で、武家が台頭した」

「……徳川の寿命が後百年だと申すか」

鷹矢が憤慨した。

「装うのは止めなはれ。典膳正はんも、越中守はんのやってることが正しいとは思ってないはずや」

土岐が鷹矢の真意を見抜いた。

「うっ」

鷹矢は反論できなかった。

「天下は生きものなんと違いますか。己で主を探す」

「なにを言い出す」

土岐の言葉に鷹矢が混乱した。

「わたいにはそう見えますねん」

足を止めた土岐が鷹矢を見た。

「あんまり古いことになると、わたいもわかりまへんけどな。徳川はんが天下を取られる前のことくらいなら、知ってまっせ」

「なんだ」

鷹矢が話に興味を見せた。

「三好筑前守はんをご存じで」

「名前くらいだがな。長慶《ながよし》公のことだろう。三好の最盛期を作られたお方で、京を始め畿内のほとんどを支配されたが、嫡男に先立たれたことで失意のうちに亡くなられた」

「京を支配していながら、なんで三好はんは天下人になれなかったので」

「それは足利《あしかが》幕府があったからだろう。三好はたしか幕府管領の細川《ほそかわ》家の家臣だったはずだ」

「陪臣やからあかんと」

土岐が確認した。

「ほな、織田信長はんは、豊臣秀吉はんはどないなります。信長はんは斯波《しば》氏の家臣、秀吉はんに至っては織田はんの家臣や」

「むっ」

「徳川はんはどないです」

「それは……」

鷹矢はなにも言えなかった。

徳川家は三河の国安祥《あんじょう》の国人《こくじん》領主でしかなかったのだ。そのころから仕えている譜代を安祥譜代といい、幕臣のなかでも一目置かれている。

「信長はんは、足利将軍を京から追い出して、天下人になりかけはった。でも、家臣に裏切られて無念のご最期。豊臣はんは天下を治めはったけれど、代を継げず一代で終わった。一代で終わるようでは天下人とは言いまへん。天下人は代を継いでようやくなれるもの。一代で終わったら、それはただの成りあがりや」

　土岐が厳しく信長と秀吉を批評した。

「三好はんの登場から徳川家康はんが関ヶ原の合戦で勝利を手にしはるまで、おそらく五十年おまへんやろ。その間に、京を支配したお方が四人もいてはる」

「………………」

「乱世や。当然と言えば当然ですけどなあ。力がものを言うからこそ、不思議ですねん。なあ、徳川はんは天下一強かったんでっか」

「……いや」

　確かめるような土岐に鷹矢は首を横に振った。

　徳川家康は西上してきた武田信玄によって、完膚《かんぷ》なきまでにやられている。なにより、天下一強かったならば、信長や秀吉の後塵《こうじん》を拝しはしなかった。

「強さで言うたら、武田信玄はん、上杉謙信はんが上。でも、お二人は天下を手にするどころか、京に旗を立てることもできなかった。お二人とも京を目指したところで、病に斃《たお》れている。長慶はん、信長はん、秀吉はん、信玄はん、謙信はん……皆、天下人には届かなかった。そして天下は徳川はんのもんになった」

じっと土岐が鷹矢を見た。

「天下が人を選んでいる……」

鷹矢が呆然と繰り返した。

「そろそろ天下は新しい人を探し始めた。そうわたいには見えますわ。秩序が崩れたとき、天下はほころぶ。さて、次に天下が選ぶのは、公家ですやろうか、武家ですやろうか、それとも商人ですやろうか」

土岐が鷹矢に尋ねた。

「…………」

鷹矢は沈黙するしかなかった。

第三章　道中剣呑

一

土岐にすさまじい命題を投げかけられた鷹矢は大津まで無言で足を運んだ。

「殿」

大津城をそのまま流用した大津代官所の門前で檜川が声をかけた。

「……ああ」

「いかがなさいました」

すぐに檜川が主君の変化に気づいた。

「気にせずともよい。少し考えごとをしていただけだ」

大したことではないと鷹矢が首を横に振った。

「…………」

檜川が黙って引いた。家臣が主君から無理に話を聞き出すわけにはいかなかった。

「ちょっと天下国家のことを考えてはりますねん」

ちらと檜川に見られた土岐が苦笑しながら告げた。

「天下国家……」

あまりに大きすぎることに、檜川が呆然とした。

「安心しなはれ。わたいや檜川はんはもとより、典膳正はんにもかかわってきまへんよって」

土岐が手を振った。

「それより、大津代官はんはどないでした」

話を変えようと土岐が檜川に尋ねた。

「ごていねいなご挨拶痛み入りまする。無事の旅路をお祈りしていると」

型どおりの返答が大津代官石原清《いしはらせい》左《ざ》衛《え》門《もん》からあったと檜川が答えた。

「さようか。大儀であった」

さすがに家臣が無事に役目を果たしたのだ。褒めないわけにはいかない。鷹矢が檜川をねぎらった。

「ほな、次は宿でんな」

土岐がまたも話題を振った。

「それならば、枡屋どのの書付を確認してありまする」

枡屋茂右衛門がくれた推薦の宿を記した書付を預かっている檜川が言った。

「大津では、井筒屋嘉兵衛《いづつやかへえ》がよいそうでございまする」

「井筒屋でっか。名前は聞いたことおますわ」

土岐が手を打った。

「では、そこへ参ろう。案内いたせ」

鷹矢が檜川に先導を命じた。

大津は東海道でも大きな宿場である。家数も一千五百軒をこえ、九十八町からなる。ただ、あまりに京に近いため、江戸における品川宿のような、物見遊山には来るが泊まりはしないという状況になっている。ために旅籠《はたご》の数も少ない。

なにせ、京まで三里、草津まで四里ほどしか離れていないのだ。少しでも宿泊の数を減らし、経費を減らしたい旅人にとって、大津は中途半端であった。

「邪魔をする」

「お早いお着きでございまする。お泊まりでしょうか、お休みでしょうか」

井筒屋に入った鷹矢たちを番頭が出迎えた。

「四条市場の枡屋茂右衛門どのから、こちらがよいと薦められた。一夜世話になりたい」

「伊藤若冲《いとうじゃくちゅう》先生の……それはありがとうございまする」

檜川の説明に、番頭が喜んだ。

「どうぞ、上がり框《かまち》にお掛けを。おい、お漱《すす》ぎを持っておいで。三名さまのお見えだよ」

鷹矢たちに座るように勧めた番頭が、奥へと声をかけた。

旅はどうしても埃まみれになる。草鞋を脱いだそのままで部屋へ通せば、旅籠中が砂まみれになってしまう。それを防ぐために、宿は客の臑《すね》から足までを洗う。

「汚れていないから要らない」

手間をかけたくないとの気遣いは、かえって宿を汚すことになり、奉公人たちの手間が増える。

「…………」

鷹矢たちは黙って足を洗われた。

「どうぞ、お茶を。それと畏れ入りますが、宿帳をお願いいたしたく」

番頭が帳面を出した。

「申すゆえ、書いてくれ」

「へい」

鷹矢の求めに応じ、番頭が筆を湿らせた。

「幕府旗本禁裏付東城典膳正と家臣、小者である」

「…………」

名乗った鷹矢に番頭が固まった。

「……御上お役人さまで……」

おずおずと番頭が聞き返した。

無理もなかった。通常五位以上の官位を持つ旗本や大名は本陣に泊まる。大津は、幕府の気に障ることを避けたい大名たちが、京での宿を避けて宿を取ることが多い。

それだけに本陣が二つ、脇本陣もいくつかあった。

「本陣は、飯がまずいですやろう」

土岐がうまい理由を考えた。

本陣は大名などの貴人を泊めるため格式だけは高いが、かえって客との距離は遠くなる。うかつに近づいて、無礼者となっても困るからだ。

当然、食事も、毒を盛られることを嫌った大名たちが、連れてきている台所役人たちに作らせるため、料理人などは置いていない。

つまり、本陣は格式だけで、その他では名の知れた旅籠よりも劣るのが普通であった。

「なるほど」

番頭が納得した。

「お食事ならば、お任せをいただきたく存じまする。琵琶の湖《うみ》で獲れました鮎《あゆ》を甘露煮にいたしましたものなどは、当旅籠の名物でございまする」

番頭が胸を張った。

「楽しみにしている」

鷹矢が応じた。

「では、夕餉まではいささかございまする。よろしければ、湯をお使いくださいませ。今から一刻（約二時間）は、お旗本さま専用といたしますので」

旗本と庶民を同じ湯につけるわけにはいかなかった。裸同士のつきあいだからと許されるものでもなく、なにかあれば旅籠の責任は避けられない。

番頭が貸し切っておくので、今のうちにすませてくれと頼んだ。

「そうさせてもらおう」

鷹矢がうなずいた。

勤勉な無頼というのはいない。そもそも真面目ならば、無頼になどなるはずないのだ。

約束を守らない、すぐに手を抜く、あっさりと裏切る。これが無頼である。

その無頼を操る方法が二つあった。

一つは恐怖である。逆らえば死ぬ、あるいはどのような酷い目に遭わされるかわからないといった恐怖で支配すればいい。

もう一つは金であった。無頼といえども金には弱い。金がなければ生きていけないし、贅沢な思いをすることができない。それこそ喰うや喰わずの毎日で、なんとかその日の糧《かて》を得て空腹を抱えながら、明日を待つような生活をするなら、国元で百姓をしているのと同じである。

「なあ、叔父はん。その旗本というのもやってもうたらあかんのか」

東海道を下っている無頼の一団の一人が頭分に問うた。

「三太《さんた》、何回言うたら覚えんねん。殺すのは小者の爺だけや。ああ、旗本の家臣の侍もやってもうてもかまへんけど、そのぶんの金は出えへんぞ」

頭分があきれながらもう一度念を押した。

「叔父貴、その家臣の侍というのは強いんやろ」

中年の無頼が訊いた。

「儂もどのくらい遣うかは知らんけどなあ。先日洛中の道場を血まみれにした剣術遣いのことを知ってるやろ」

「道場の床が血で染まったというやつかいな」

「そうや、その剣術遣いを仕留めたんが、その侍やと言う話や」

「うわああ」

訊いた無頼が頭分の言葉に、顔をゆがめた。

「面倒やなあ」

「そいつと戦うのは避けたいと思うてる」

頭分も同意した。

「で、肝心のお旗本はどないですねん」

若い無頼が尋ねた。

「普通と違うか。とくに注意せいともなかったからな」

さほどではなかろうと頭分が述べた。

「普通の旗本なら、どうってことおまへんな。いや、そいつには傷つけたらあきまへんねんなあ。それのほうが手間や」

中年の無頼がため息を吐いた。

「文句言うな。そのぶん、お銭《ぜぜ》はええんや。金主はんのご意向に従うのが、儂らの商売のこつや」

嫌そうな顔をしたままで頭分が言った。

「酉蔵《とりぞう》、四人預ける。爺を仕留めろ。手間かけるな」

表情を引き締めた頭分が中年の無頼に命じた。

「へい」

酉蔵と呼ばれた中年の無頼が首肯した。

「猫吉《ねこきち》、おめえは残りを率いて、侍の牽制をしろ」

「承知」

若い無頼が応じた。

「叔父はん、おいらは」

三太が訊いた。

「おめえは、旗本をからかっていろ」

「あいよ」

頭分に言われた三太がうれしそうにうなずいた。

「さて、どうせ、今夜の泊まりは草津だ。明日の夜明け前から草津川で待ち伏せするぞ。仕事が終わるまで、酒も女も辛抱しろ。その代わり、帰りは大津で浴びるほど酒を呑ませ、腰が抜けるほど遊女を抱かせてやる」

「おう」

「そいつあ、豪儀だ」

無頼たちが歓喜した。

「楽しみは仕事の後だ。しっかりしやがれよ」

頭分が発破をかけた。

二

通常、京を旅立った者は草津まで足を延ばす。それを大津までで止め、身体を休めたことで、鷹矢たち一行の目覚めは快適であった。

「では、行こうか。世話になった」

「お泊まりありがとうございました」

宿屋の見送りを受けて、鷹矢たちは日が昇るとすぐに大津を出た。

「どないです」

「いい宿というのは、さすがだな」

自慢げな土岐に鷹矢が笑った。

「大津でよかったですやろ。草津も大きな宿場ですけどな、それだけに旅人も多い。ええ宿でも隣に客が入っているとゆっくり休めまへんやろ」

「なるほどな」

随分と短い旅程で宿を取らせるとは思ったが、そういう意図があったのかと鷹矢は感心した。

「旅は命がけでっせ」

「わかっている」

鷹矢はうなずいた。

「まあ、のんびり行きまひょう」

「それはどうなのだ。日限がないとはいえ、吾が京を離れたのは、所司代から江戸へ御用飛脚で報されるだろう。十日ほどで着くはずが、それ以上遅くなれば、物見遊山でもしていたのかと叱られる」

役人というのは、他人のあらを探すのも仕事である。いや、それこそ本業といえた。足を引っ張って、その反動で己が上へあがろうとする。鷹矢が呼び出しを受けて、あまりにのんびりしていると、御上をないがしろにしたと難癖を付けてきかねないのだ。

「草津を出たら、ちいと急ぎますがな」

土岐がにやりと笑った。

「草津を出たら……」

「襲撃があると」

怪訝な顔をした鷹矢に対し、檜川が土岐の言葉に反応した。

「黙って京を出してくれるとは思えまへんやろう。もし、誰ぞが典膳正はんを追いかけるとしたら、草津のあたりで待ち伏せますやろ。草津を出てしまうと、東海道を行ったのか、中山道を使ったのか、あるいは伊勢街道から船で熱田を目指したのか、わからんようになりますよってなあ」

土岐が口をゆがめた。

草津の宿場は街道の分かれ道でもある。旅人が草津に滞在するのも、ここに街道が集まるというのもあった。

「それで大津に……」

真の理由を知った鷹矢が驚いた。

「なんもなかったらよろしい。老婆心が外れたですみますよって。でなければ、いつまで経っても姿を見せない典膳正はんに苛立《いらだ》ってますやろうなあ。大津から船で北国街道を選んだのではないかとか、すでに草津をこえているのではないかとか、気が気やおまへんで」

「畏れ入った」

鷹矢が土岐の策略に感嘆した。

戦でも喧嘩でも、待ち伏せしているほうが有利である。ただし、これは待ち伏せが見抜かれていないという条件のうえである。見抜かれてしまえば、待ち伏せは意味をなさないどころか、逆を突かれる。そうでなくとも、待ち伏せしているほうは、いつ来るかと緊張している。それが来るはずの敵が来ないとなれば、焦るのだ。そして、焦りは戦いにおいてもっとも大事な落ち着きを奪う。

「草津で昼餉にしまひょ」

大津から草津までは四里、鷹矢たちの足ならば、二刻（約四時間）もかからない。

「少し早いが、その後に戦うとなれば空腹は辛いな」

鷹矢も同意した。

夜明け前から草津川の堤防で鷹矢たちを待っていた無頼は、まさに焦っていた。

「旗本と家臣に小者という組み合わせが来ないどころか、侍の影さえ見えまへんが」

一刻ほどで酉蔵が焦《じ》れ始めた。

「たしかに、多少のんびりと宿で朝餉を摂ったにしても、ちいと遅すぎるな。おい、八《や》つ」

頭分もうなずいて、配下を呼び出した。

「なんぞ、叔父貴」

穏やかな商家の手代にも見える風の若い無頼が前へ出た。

「草津の宿場へ行って、旗本たちが泊まっていなかったかどうか訊いてこい」

「一軒ずつでっか」

八つと呼ばれた配下が面倒くさそうな顔をした。

草津は大津に比べて小さいが、家数は三百をこえる。もちろん、そのほとんどは百姓や普通の商家で、客を泊める宿は数十軒もない。

「相手は旗本やぞ。木賃宿や女中か女郎かわからんような安い旅籠には泊まらんわ。

本陣、脇本陣とあとは藤屋、野村屋あたりやろう」

「それやったらすぐに」

八つが納得して尻端折《しりはしょ》りをした。

「ええか、草津は追分の親分はんの縄張りや。あんまりなまねして、追分の親分はんともめ事になるなよ」

頭分が注意した。

宿場は旅人という余所者《よそもの》を受け入れる関係で、遊女や博打と縁が深い。そして、そういった御法度のものを差配する者がかならずいた。

「へい」

注意にうなずいて、八つが堤防を駆け下っていった。

「先に行ったということはおまへんか」

「暗いうちから、見張りを出してたんや。見逃すとは思えん」

酉蔵の懸念を頭分は否定した。

「昨夜夜旅を駆けて、水口まで足を延ばしたとは……」

「旗本やぞ。慣れない夜旅なんぞせんわ」

自らの疑念を払うかのように、頭分が断言した。

「もうちょっと待っとけ」

手を振って酉蔵を遠ざけた頭分が、呟いた。

「無駄足はごめんやで」

言うまでもないが、こういった仕事は完遂して初めて金がもらえる。一応前金の支払いは受けているが、信用なんぞ端《はな》からない無頼に全額前払いをする者はいなかった。どころか、前払いはほとんど経費分にしかならないくらいでしかない。

後金をもらって初めて、頭分の手元にも金が残るのだ。

「……あいつらに酒くらいは呑まさなあかんしな」

しくじったというより、仕事になっていないのだ。だからといって、なにもしないでは、子分たちが言うことを聞かなくなる。

「金が入らなかったから、なにもなしじゃ」

そんなけちな親分に子分は付いてこない。

「吝いやっちゃ」

義理だ人情だと口にはしているが、そんなもの破戒坊主の念仏のようなもの。

「あんなやつの下では働けまへん。親分さんは人情に厚いお方やと聞きました。どうぞ、配下に加えておくなはれ」

後足で砂をかけるようにして、去っていく。

どれほど勢威を持っている親分でも、子分がいなくなればその力はなくなり、縄張りを維持できなくなる。

「今回は残念やったな。悪運落としや。酒でも呑んで清めよか」

そういって酒の一杯も呑まさなければならなくなる。

「前金返し」

そのうえ、依頼主には金を返さなければならなくなる。これを怠《おこた》ると、闇での評判が地に墜ち、次の客はなくなる。

「なにしてやがる」

頭分が姿を見せない鷹矢たちに、舌打ちをした。

鷹矢たちは、ようやく草津の宿場に入った。

「中食にしよう」

「待ってましたでえ」

「はっ」

鷹矢の一声に、土岐が喜び、檜川が首肯した。

「草津の名物はなんだ」

「大津と一緒で、琵琶の恵みですなあ」

訊いた鷹矢に土岐が答えた。

「鮎の甘露煮はうまいが、続けては要らぬなあ」

江戸で生まれ育った鷹矢は甘いものを口にすることが少なく、甘味のあるおかずで飯を喰うのはどうもしっくりこない。

「ほな、蕎麦にでもしますか」

土岐が提案した。

「蕎麦があるのか」

「おまっせ。蕎麦はどこでも育ちますよって。米は難しい山間とか」

驚いた鷹矢に土岐が述べた。

「そうしよう」

「ほな……」

うなずいた鷹矢を見た土岐が、周囲を見回した。

「……おました。あそこが蕎麦やってますな」

蕎麦粉を挽《ひ》く石臼《いしうす》を見つけた土岐が、茶店を指さした。

「よくわかったな」

「あれで挽きますねん、蕎麦を」

土岐が驚く鷹矢に説明した。

「あれが……」

御家人ならまだしも、お歴々と言われる旗本は外食をしない。町民と同じ場所で飲食をするなど、身分にかかわるとして禁じられるからであり、鷹矢も巡検使になるまでは、屋敷以外で食事をすることはまずなかった。

「蕎麦か、一度食してみたいと思っておった」

救荒植物として知られる蕎麦は、まず旗本の当主の食膳に載らない。旗本や大名が食するものではないと避けられるというのもあるが、なにより実を挽いて、粉をこね、伸ばして切らなければならないと調理が面倒だからだ。

「期待しすぎたらあきまへんで。蕎麦はあくまでも民の食べものですさかい」

気を浮き立たせている鷹矢に、土岐が苦笑した。

「……あいつらやないか」

その遣り取りを八つが見ていた。

「確認せんとまずいな。叔父貴、かなり頭にきてるし。まちがえたら、どんな目に遭わされるか」

八つが、少し間を空けて茶店へと入った。

「親爺、茶くれや」

いつでも席を立てるようにと、八つは茶を頼んだ。

「へい」

親爺がうなずいて、用意してあった茶碗に薄い茶のような色の付いた白湯を出した。

「ほい」

受け取って八つが、代金として波銭を五枚、二十文出した。

「…………」

茶代はせいぜい二文から四文で二十文は多い。なにか用があるなと見て取ったらしい親爺が、黙って八つを見つめた。

「少し前に三人入ったやろ」

「へえ。あの小上がりに」

八つの問いに親爺が、店の奥にある仕切られただけの座敷を目で示した。

「ちいとかかわりがあんねん。話を聞きたいよって、近づいてもええか」

「どうぞ」

盗み聞きをするが見て見ぬ振りをしてくれと言った八つに親爺が了承した。

「すまんな」

八つがそうっと小上がりへ近づいた。

「今日の泊まりはどこにする」

「水口か頑張って土山かですやろうなあ」

鷹矢の問いに土岐が口にした。

「宿場としては水口が大きいようですけどなあ……檜川はん、書付を」

「おう」

土岐に言われて檜川が枡屋茂右衛門からもらった書付を出した。

「……やっぱりお薦めの宿は書いてまへんなあ」

「やっぱりとはどういうことぞ」

鷹矢が怪訝な顔をした。

「わたいも直接訪れたことはおまへんけどな、旅した者の話やと、ここは客引きが激しいんですわ」

「客引きだと……」

「ご存じおまへんか、わたいらが前もって本陣へ泊まりの連絡をしておけば、迎えが宿外れまで来てくれますよってよろしいけどなあ、そうやなければ客引きの女が、何十人と獲物を待ってますねん」

「獲物……我らか」

「そうでっせ。女が旅人の手に絡んで無理矢理、宿へ連れこみますねん」

「飯盛女《めしもりおんな》というやつか」

さすがに鷹矢も知っていた。

「そうですわ。そうやって客を連れこんで、一夜の世話をして金をもらう。もし、客を捕まえられなければ、一文も宿からもらえまへんよってな、顔色変えて寄ってくるとか」

「水口は加藤どのが城下であろう。差し止めたりはせぬのか」

城下の評判は、そのまま藩主の評価に繋がる。鷹矢が尋ねた。

「無理ですやろう。女たちは生き死にがかかってま。止める代わりに金をくれと言われたら、それまででっせ」

鷹矢の疑問に土岐が応じた。

「無理強いして、一揆でも起こされたら加藤家は終わるか」

小さく鷹矢が嘆息した。

幕府は末期養子の禁を緩めるなど、大名への統制をやわらげてはいるが、天草の乱の経験が尾を引いているのか、一揆にはうるさい。

「領内の仕置き不十分」

「藩政を執るに力不足である」

一揆を起こされた場合は地元との折り合いが悪いとの証明であり、まず移封は避けられない。当然だが、罰としての移封になる。今より条件が悪いところへ、石高を減らされて動くことになる。

それですめば運がいい。改易もある。

加藤家は賤《しず》ヶ《が》岳《たけ》七本槍の一人加藤明成《あきなり》の子孫である。伊予松山、奥州会津と五十万石近い大領を預けられていたが、内紛を起こした結果、大幅に石高を削られて今に至っている。

改易になっても、

「名門を絶やすのは惜しい」

という幕府の恩情が出て、家名だけは残されるだろう。とはいえ、元高が二万五千石では、大名というわけにはいかず、数千石ていどの旗本がよいところだ。

さすがに大名でなくなるのは、加藤家も避けたい。となれば、一応の禁令くらいは出しても、真剣に取り締まりはしない。

「それに……なあ、檜川はん」

「でございますな」

土岐と檜川が顔を見合わせてうなずき合った。

「なんだ……」

意味がわからないと鷹矢が首をかしげた。

「そんな宿に典膳正はんを連れこませたら……わたいは布施はんに刺されますわ」

「わたくしは、生涯南條さまに飯を作ってもらえなくなりましょう」

土岐と檜川が首を横に振った。

「むうっ……」

鷹矢も二人の慕情には気づいている。

「……おまたせを」

そこへ蕎麦が出てきた。

「待ってたでえ」

土岐が手もみをして歓迎した。

「これが蕎麦か……」

初めて見る蕎麦に鷹矢が目を大きくした。

「急いで喰わなあきまへんで。蕎麦はすぐに伸びまっさかい」

「伸びる……まあ、いい。いただこう」

疑問を鷹矢は棚上げにして、箸を手に取った。

「こいつらや」

聞き耳を立てていた八つが、そっと茶店を出ていった。

「まちがいない。典膳正やと言うてた。そのへんの侍が名乗れるもんやない」

八つが確信を持って、頭分のところへ走った。

「……行きましてござる」

箸を止めた檜川が口にした。

「いてましたなあ」

蕎麦を口に入れたままで土岐が口の端を吊り上げた。

「やはり待ち伏せていたか」

鷹矢がため息を吐いた。

「わざわざ草津まで出張ってくるとは、恨まれてますなあ、典膳正はん」

土岐が楽しそうに笑った。

三

蕎麦を食べ終わった鷹矢が茶店を出た。

「親爺、代金や」

土岐が小銭を出した。

「おおきに……足りまへんで」

数えた親爺が、土岐を見た。

「客の話を勝手に聞かせて、なんぼもろうた」

「…………」

親爺が黙った。

「先ほどのお方な。気さくやからわからんかったやろうけどな、御上のえらいお役人さまやで」

「ひえっ……」

声を低くした土岐に、親爺が腰を抜かした。

「これに懲りや」

土岐が小銭を追加して、茶店を後にした。

「遅かったの」

「ちと釘を刺しといたんですわ」

鷹矢の問いに、土岐が平然と答えた。

「あまり、いじめてやるな」

鷹矢があきれた。

「物見をいたしましょうや」

宿場の端、高札場を過ぎたところで檜川が訊いた。

「かまわぬ。このまま押し通る」

鷹矢が太刀と脇差の柄を保護している柄袋を外した。これをしていると雨が降っても刀に水が入らない代わりに、抜けなくなる。

「はっ」

「剣呑にならはりましたなあ」

蹴散らすと宣した鷹矢に、檜川が首肯し、土岐が嘆息した。

「変わりもする」

鷹矢が真顔になった。

「……まあ、わたいも同じですけど」

暗い目になった土岐が、落ちている手頃な大きさの石を拾って懐へ入れた。

八つの報告を受けた頭分は、最初の予定どおり、人数を分けた。

「手はずをまちがえなや」

「来ましたで」

頭分が念を入れたところに、配下が声をあげた。

「行けっ」

さっと手を振った頭分に従って、配下たちがわらわらと鷹矢たちに迫った。

「二手に分かれてきている……」

すぐに鷹矢が気づいた。

「人数の配分、まちがえてまへんか」

四人に目指された土岐が戸惑った。

「みょうだな」

鷹矢も首をかしげた。

「殿、後ろに」

どちらにせよ鷹矢を守るという役目を果たす檜川は、気にせず抜刀した。

「御上役人であるぞ。無礼をいたすな」

無駄とわかっていても一応そう言わねば、人違いで斬り殺したとなるのは目覚めが悪い。

鷹矢が声を張りあげた。

「お役人さまに用はおまへん。どうぞ、じっとしとっておくなはれ。そしたらなんもいたしまへんよって」

頭分が鷹矢へ告げた。

「ほう……土岐、おまえの客らしいぞ」

「勘弁しておくれえな。若くてきれいな女《おなご》やったらええけど、こんな汗臭い男に囲まれても気色悪いだけや」

笑いを含んだ鷹矢に、土岐が恨めしそうな声を出した。

「やかましい、爺い。おめえに恨みはないけどな。これも仕事や。痛くないように殺したるさかい、抵抗するな」

西蔵が、土岐を脅した。

「こんな罪のない老人を殺す気かあ、罰当たりめ」

「罪がないには異議があるな」

「たしかに」

言い返す土岐に鷹矢と檜川が顔を見合わせた。

「お侍さん、おとなしくお願いしますよ」

頭分が鷹矢にもう一度言った。

「そういうわけにもいかぬ。その小者は当家の奉公人である」

旅の間だけの方便だが、そうしておかないと関所などで面倒になる。鷹矢が建前を口にした。

「できれば、ご無事にすませたかったんですけどねえ。多少の怪我は堪忍してくださいよ。おいっ」

頭分が合図をした。

「くたばれっ」

酉蔵の配下が抜いていた長脇差を土岐へと見せつけるように振りかぶった。

「阿呆」

土岐が懐から先ほど拾っておいた握り拳ほどの石を出して、がら空きになった胸へと投げつけた。

三間（約五・四メートル）ほどしか離れていない。まず、外すことはない。

「ぎゃっ」

胸骨を石で割られた無頼が倒れた。

「えっ」

「なんだ」

なにが起こったのかわからない無頼たちが、唖然となった。

「他所見《よそみ》しすぎじゃ」

土岐が次々と石を投げた。

「がっ」

「おわっ」

頭に石を喰らった無頼がうずくまり、あわてて避けた無頼は足下を取られかけて、体勢を崩した。

「檜川」

「はっ」

土岐が場を制した瞬間、無頼たちの目が鷹矢から離れた。それを鷹矢は見逃さなかった。

「御上役人への無礼は許されぬ」

鷹矢も太刀を抜いた。

無礼討ちは滅多に認められない。町人に嘲笑されたくらいで、無礼討ちをしても認められないのだ。それを認めてしまうと武士の横暴が止まることなく、天下の安寧は遠ざかる。

無礼討ちは本人の矜持《きょうじ》ではなく、主君へ浴びせられたものでなければならなかった。当然だが、幕府へ向けられた無礼は決して見逃されない。これを許せば、天下の根本が狂う。

わざわざ鷹矢が言葉にしたのは、周囲で聞いている、見ている者へ周知するためであった。

「押さえろ。できるだけ殺すなよ」

幕府役人を殺せば、天下に居場所はなくなる。どれだけの金を持っていても意味がなくなる。なにせ遣えなくなるのだ。泊まった宿、馴染みの店が訴人《そにん》する。だけでなく、人相書きが廻る。それこそ、山のなかに籠もりでもしない限り、いつ捕り手に囲まれるかわからないという怖れのなかで生きていかなければならなくなってしまう。

「腕の一本くらいなら、ええんやろう」

三太が興奮した。

「かまへん」

頭分は迷わなかった。

幕府役人を殺すのはまずいが、怪我をさせるだけならば報復はないと知っていたからだ。

泰平に慣れ、剣術の稽古もしなくなったとはいえ、侍は武の体現者である。その侍が、武で劣る町民、それも無頼風情に負けるのはまずかった。

「恥晒《はじさら》しめ」

もし、無頼と喧嘩でもして傷を負えば、まず最初に一族の長老が出てくる。

「病と言い立て家督を譲って、隠居せい」

家の名前に傷が付く前に隠居させて、恥を隠そうとする。

「……腹を切れ」

それが間に合わず、世間に知られてしまえば、たちまち対応は変わる。恥じて切腹したという形にして、名誉を守るのだ。

もちろん、隠居や切腹させられてはたまらない。怪我をさせられた武士は、ひた隠す。決して、無頼の被害を町奉行所へ言い立てたりはしないのが普通であった。

「討ち果たせ」

鷹矢も頭分に応じた。

「おうっ」

檜川の気迫が強まった。

「爺い、くたばれ」

二人になった無頼が土岐に襲いかかろうとした横から、檜川が割って入った。

「むん、やあ」

一刀を二度閃かせた。

「ぎゃああ」

「…………」

右脇腹を割かれた無頼が絶叫し、喉を断たれたもう一人の無頼は声もなく、崩れた。

「ひえっ」

石を頭に受けて呻《うめ》いていた無頼が、血を被って悲鳴をあげた。

「た、助けて……」

顔をあげた無頼を檜川が真っ向幹竹《からたけ》割りにした。

「……先に死んどけ」

土岐が最初に胸骨を割られて意識を失っている無頼の心臓めがけて拾った長脇差を刺した。

「な、なんや」

頭分が呆然となった。

「えへへへ」

その有様を気にせず、三太が長脇差を鷹矢へ向けた。

「慮外者《りょがいもの》めが」

鷹矢に白刃の恐怖はもう通じない。

長脇差と太刀では刃渡りがわずかに違う。その差違を鷹矢はしっかりと利用した。

一歩踏みこんで、切っ先の伸びる薙《な》ぎを撃った。

「……えへ……あっ」

　切っ先三寸喰いこまれた三太が、己の異常に気づいて腹を見た。

「わああ、腸《はらわた》があ」

　傷口から湧き出るように青白い腸が出てきていた。

「三太……」

「叔父貴っ」

　頭分と生き残った無頼が顔色をなくした。

「こらあかんで」

　一人が最初に逃げた。

「勝てるかあ」

　一度崩れると無頼は弱い。己が強いと思いこんでいればこそ、無頼は戦える。圧倒的な差を知らされれば、簡単に折れた。

「あっ、待て」

　配下たちの脱走に、頭分が慌てた。

「逃がさへんで」

続けて背を向けようとした頭分の後ろ襟を、土岐が摑んだ。

「離せ、離せえ」

頭分が必死で振りほどこうとした。

「誰に頼まれたか、言えば離したるわ」

「……………」

依頼主をしゃべれば、もう京には帰れない。頭分が黙った。

「そうか。まあ、ええわ。どうせ、おまえは終わりじゃ。手下を失って、失敗した。先に逃げた連中が、言いふらすやろう。親分子分なんぞいうたところで、落ち目になったらそれまでやさかいにな」

「うっ」

不意に後ろ襟を離された頭分が、たたらを踏んだ。

「片付けぐらいしてやれ。おまえが連れてきたのだろう」

太刀に付いた血脂を懐紙でこそげながら、鷹矢が頭分に命じた。

「行こう」

太刀を鞘に戻した鷹矢が、土岐と檜川を促した。

四

草津川を渡ったところで、鷹矢は土岐に肩を並べるように手で合図をした。

「最前の話ですな」

土岐が肩を並べるなり言った。

「おぬしを狙っていたようだったが、思い当たることはあるか」

「おますなあ。いくつも」

鷹矢の問いに、土岐が苦笑した。

「まずわたいに生きておられたら面倒なお方」

「お方……」

ていねいな言い方に鷹矢が怪訝な顔をした。

「摂関家を含めたお公家はんですわ」

「公家がおぬしを邪魔にする……」

鷹矢が困惑した。

「わかりまへんか。わたいは主上さまと……」

「そうか、そうであったな」

鷹矢が思い当たった。鷹矢は土岐を通じて、ひそかに光格天皇と話をした。つまり、土岐は光格天皇と繋がっている。

公家にとって天皇は天下の実情を知らない純真無垢なほうがいい。

「このようにいたしたく存じまする」

「よきにはからえ」

なんでも上申を認めてくれる天皇こそ、名君なのだ。

その天皇に要らぬ話を吹きこむ者は邪魔になる。光格天皇と共に閑院宮家から内裏《だいり》へ移ってきた土岐が、その邪魔者ではないかと疑われている。

とはいえ、まともに相手はできない。

朝議にかかわるのは高位の公家だけなのだ。その高位の公家が、小者に過ぎない土岐と直接対峙《たいじ》するのは、身分の差がありすぎてまずい。

幕府でいえば、老中が同心を直接名指しで罷免するようなものである。

「なぜ、あのような者をお気になさる」

周囲が気にする。

「ちと調べるか」

権力者には敵がいる。その座に成り代わりたいと思っている者はいくらでもいる。そういった連中に、足を引っ張るだけの取っかかりを与えてしまう。

「なるほどの」

土岐の話に鷹矢が納得した。

「素直でんなあ」

小さく土岐が嘆息した。

「なんだ」

「土岐どの、あまり殿を……」

鷹矢が首をかしげ、檜川が土岐を注意した。

「すんまへんなあ」

軽く土岐が頭を下げた。

「わたいが邪魔者やというのは、主上が高御座に上られて以来でっせ。それが今になって手を打ってきますかいな。いや、今刺客を出されてもしゃあおまへんけどな。ちいと遅すぎますやろ。主上を世間知らずの状況にしておきたかったら、わたいが内裏へ入った当座に片付けとかなあきまへん。今更、わたいを除けてももう遅い。主上は朝廷の闇も、世間には裏があることもご存じや」

「では……」

少し鼻白みながら、鷹矢が尋ねた。

「直近で、わたいがしでかしたことといえば、なんですやろ」

「おぬしがやったのは……ああ」

土岐に促された鷹矢が、少し考えて思い当たった。

「浪か」

「おそらく」

鷹矢の答えを土岐が認めた。

「浪とおぬしとどういう関係がある」

「先日、典膳正はんに浪の実家をお願いいたしましたやろ」

「ああ、かまわぬと申したな」

鷹矢が思い出した。

「それが、まだ手続き終わってまへんねん。まあ、今回の騒動で出し忘れたとも言いますけどな」

「……でどうした」

「つまり、浪の身元引き受けは、まだわたいですねん」

訊かれた土岐が鷹矢に答えた。

「つまり、わたいになにかあったら、浪に報せが入り、里帰りが許されますねん。というより、里帰りさせられます」

「御所から浪が出るか」

「へい」

土岐がうなずいた。

「なるほどな。御所内では手出しできずとも、外へ出てしまえばどうにでもできる」

「…………」

鷹矢の言葉を土岐が無言で肯定した。

「誰だと思う」

「それこそ、いくらでも怪しいのはいてまっせ。二条はん、近衛はん、一条はん、他の五摂家も手出ししてくるかも知れまへん。浪は、砂屋楼右衛門のすべてを知ってま。これは洛中の闇を手にしているも同じ。喉から手え出るほど欲しいですやろう」

「ふむ」

「ですけどな、摂関家ではないと思いますねん。摂関家は、関白や摂政といった一つしかない席を争う敵同士ですけど、それがなければ皆近い親戚ですねん。みょうなものが出てきて、家を潰すような羽目になったら困りますやろ」

「蹴飛ばし合うが、家を潰すところまではする気がない。その材料になりそうな浪は、火薬蔵の前のたいまつみたいなものか」

鷹矢が呑みこんだ。

「となると、五摂家以外の公家……いや、それこそ五摂家を敵に回しかねぬ」

家を保ってこそ公家の価値はある。摂関家を敵に回して、生き残れる公家はなかった。

「残るは二つ、いや、三つか」

「三つ……」

指を折った鷹矢に土岐が不思議そうな顔をした。

「二つやおまへんのか」

「一つは桐屋だろう」

「でしょうなあ」

「もう一つは黒田伊勢守」

「一度手出ししてきましたしなあ」

土岐がうなずいた。

「そして三つ目は、京都所司代」

「京都所司代はんが……」

鷹矢の口から出た名前に、土岐が驚いた。

「戸田因幡守どのは、浪を手に入れて得た朝廷の闇を取引に使われるだろう」

「取引でっか」

土岐が難しい顔をした。

「松平越中守さまへのな」

「越中守はんでっか。大御所称号ですなあ」

断言した鷹矢に、土岐が首肯した。

「三組とは、面倒な」

土岐がため息を吐いた。

主上のご内意である閑院宮さまの太上天皇の号を無視して、御上の言う大御所称号だけは認めさせる。それには朝廷の弱みを握るしかない。まさに浪は大いなる獲物と言えた。

「江戸から越中守さまの手が伸びるということはございませぬか」

檜川が口を挟んだ。

「ないな。いくら用意周到な越中守どのでも、浪のことを知られたのは、吾が接触してからのことであろう。そこから人選をして、京へ人を向かわせるには、ときがなさすぎる」

鷹矢が江戸からのものは考えなくていいだろうと告げた。

「どちらにせよ、わたいが死んでも浪は出てきまへん」

土岐が嗤った。

「なにかしでかしたな」

じっと鷹矢が土岐を見つめた。

「まあ、わたいが死ぬことはおまへんよってなあ。今はよろしいやろ」

秘密だと土岐が口を手で塞いでみせた。

「ろくでもなさそうな気がする」

鷹矢が首を左右に振った。


松波雅楽頭は、桐屋利兵衛の依頼を果たすべく、御所常御殿《つねごてん》近くのお三間《みま》と呼ばれる小御殿をひそかに訪れていた。

お三間は迎春、茅の輪《ちわ》、七夕などの儀式に使われる建物であり、その期間前後以外は、無人であった。

「雅楽頭さま、こちらで」

柱の陰から艶やかな色彩が手招きした。

「おおっ、そちらに」

松波雅楽頭が、近づいた。

「長橋《ながはし》さまの使い、香箱《こうはこ》でおじゃりまする」

柱の陰に隠れていた女御が名乗った。

勾当内侍は、御所内長橋の局《つぼね》に居室を与えられることから、長橋と呼ばれていた。

「二条家家宰松波雅楽頭でおじゃる」

松波雅楽頭が応じた。

「香箱どの、まずはこれを」

「長橋さまにでおじゃりまするか」

小さく折りたたんだ紙包みを受け取りながら、香箱が訊いた。

「いいや、それは香箱どのに」

「まあ、妾《わらわ》に」

大きさからいって一分金か二分金が数枚入っているとわかる紙包みに、香箱が喜んだ。

「長橋さまには、こちらを」

最初から手にしていた小箱を松波雅楽頭が差し出した。

「お預かりを」

すばやく紙包みを袖のなかへ落とした香箱が両手でしっかりと受けた。

「これは前渡しやとお伝えを」

「……これで前渡し」

箱の重みを手ではかった香箱が驚いていた。

「で、長橋さまへのお願いとは」

香箱が訊いた。

「先日、御所へあがった雑仕女の浪という女を、どのような理由でもよろしいので、外へ出していただきたい」

「外へ出すだけでよろしいのでおじゃりまするか」

香箱がさすがに首をかしげた。

「浪という雑仕女の親元が百万遍の禁裏付役屋敷に入り浸っておりますよって、そちらへ向かうように指図していただければ、なによりでおじゃりまする」

松波雅楽頭が詳細を告げた。

「百万遍の禁裏付役屋敷でおじゃりまするな。では、そのようにお伝えをいたしまする」

香箱がうなずいた。

「では、他人目《ひとめ》もおじゃりまするので」

御所内で女官と公家が密会しているなど、日常茶飯事であった。もちろん、見かけても見ぬ振りをするのが心遣いだが、そうでないときもある。

言うまでもないが、相手の男あるいは女が出世競争の相手であったときなどである。

「今回の除目《じもく》で某を権中納言《ごんのちゅうなごん》に推挙いたそうと思うのでおじゃるが、皆はいかがであるかの」

推薦者がこう言ったとき、普段ならば、

「よろしいのではおじゃらぬか」

「麿も同意いたすでおじゃる」

と反対もなく決まるのが、

「いかがなものでおじゃろうか。どうやら某は御所の女御と……」

反対する者に格好の口実を与えることになってしまう。

「それはよろしくないの」

推薦している者ほど、弱腰になる。

「あのとき某を推されたのは、貴殿でおじゃったの。その某が罪を犯したとなれば、いささかの責を担うのが常識というものでは」

後日なにかあったときの責任問題に発展するからだ。

「よしなにの」

最後に念を押して、松波雅楽頭がお三間を出た。

預かった小箱を香箱は長橋の局へ持ち帰り、勾当内侍の帰りを待った。

勾当内侍は、御所の内政を実質差配していると言える。その多忙さは、幕府の老中に匹敵する。

「戻ったでおじゃる」

とはいえ、貧しい禁裏である。どれだけすることがあろうとも、明るいうちでなければならず、蠟燭《ろうそく》や灯明《とうみょう》を使うことはできるだけ避けなければならなかった。

「お戻りなさりませ。長橋さま、本日、大納言家の雅楽頭さまが、これを長橋さまへと」

「二条さまの家宰どのかえ」

役名だけでどこの誰かがわからないようでは、勾当内侍など務まるはずもなかった。

「どれ」

勾当内侍が香箱に預かりものを出せと扇子で命じた。

「こちらでおじゃりまする」

香箱が箱を出した。

「…………」

扇子の先で箱をたぐり寄せた勾当内侍が、蓋を開けた。

「それは前渡しでおじゃりまする」

「前渡しかえ」

勾当内侍がうなずいた。

「……紙か、いえ、文か」

箱のなかから勾当内侍が折りたたまれた紙を取り出した。

「こちらへもそっと灯りを」

禁中には灯りを灯す余裕はないが、余得の多い勾当内侍の部屋には高い蠟燭がいつでも用意されている。真昼のようにとまではいかないが、文字を読むには十分な明るさを持つ。

「……ふん」

読み終わった勾当内侍が扇子で紙を扇ぐようにして飛ばした。

「長橋さま……」

その態度に香箱が驚いた。

「そちは雅楽頭どのの用を存じあるかえ」

「いえ。わたくしが聞いてよいものとは思えませぬゆえ」

問うた勾当内侍に、香箱が首を横に振った。

「……まことであろうの」

「ま、まことでおじゃりまする」

睨むような勾当内侍に、香箱が震えた。

「ならばええ。今日のことは忘れ。二度と雅楽頭どのに会いな」

「はい」

香箱が勾当内侍の命に、頭を垂れた。

「下がりや」

手を振って香箱を下げた勾当内侍が、飛ばした紙を拾うと蠟燭の火をつけた。

「昨日までやったら、まだどうにかなったけどな。主上がお召しになられたんや。もうあの雑仕女はいてへん。いてへんもんは、追い出されへんわ」

勾当内侍が箱のなかに仕舞われていた小判をそっと取り出した。

「この金は、長橋の皆でよきものでも喰ろて、費やすとしようかの」

返すつもりなど端からない。勾当内侍が小判を金入れとしている文箱へ仕舞った。


津川一旗は、松平定信から渡された金を持って、三島の宿にいた。

三島の宿場は箱根の西、山を下りたところにある。三嶋大社の門前町として発達したここは、家数二百軒余り、宿場の長さは五町（約五百五十メートル）ほどである。

さほど大きいとはいえない三島宿だが、七十軒をこえる旅籠が並んでいた。

「寄っておいきやす」

「今から箱根路は間に合いませんえ」

東海道、伊豆街道、甲州街道の交差する場所でもある三島は旅人が多い。また、箱根の関所が明け六つから暮れ六つまでしか通さないこともあり、ここで宿を取り、翌日早くに発って、箱根をこえて小田原まで足を運ぼうと考える者も少なくない。もちろん、小田原から一日かけて三島に着いた西上の旅人もいる。

三島は東海道を行き来する者にとって、まず泊まる宿場であった。

当然、旅人が多くなれば、それに応じるように旅籠が増え、客の相手をする商売女も集まってくる。

「旅籠に遊女を置きたるは、風紀紊乱《ふうきびんらん》である」

幕府は目に余るとして、遊女の禁止を命じたが、旅籠の主はもとより、女たちからも文句が出た。

「食べていけなくなる」

「客が来なくなる」

筵旗《むしろばた》を持ち出そうかという勢いの反対に、代官が折れた。

「一つの旅籠に飯盛女二人までなら置いてよい」

幕府が遊女を御免色里としている吉原、島原、新町以外で認めるわけにはいかない。あくまでも給仕をする女ということで、飯盛女とし、代官は許可を出した。

「飯盛女は二人でございますか。ありがとう存じまする」

あっさりと旅籠の主たちは受け入れた。

つまり、表向きの遊女は二人まで、隠し遊女ならば何人いてもいいと都合のいい解釈をしたのであった。

結果、三島の遊女は減ることなく、街道に出て客の袖を引いた。

遊女が増えればもめ事も多くなる。客の取り合い、金の払い、あるいは遊女へ暴力を振るうなど、宿屋の主だけではどうしようもないことも出てくる。

「しっかり稼げよ」

遊女のあるところに、無頼は生まれる。三島にはいくつかの縄張りができ、親分と呼ばれる無頼が仕切るようになった。

「少し試すか」

数日前から三島に入っている津川一旗は、鷹矢たちを襲うに足りるだけの腕や度胸を持つ無頼を探していた。

「てめえ」

わざと無頼に喧嘩を売っては、その実力をはかる。

「……話にならん」

すべての縄張りで試してみたが、とても話にならない腕の者しかいなかった。

「旅人を締めるくらいならば、これでよいのか」

江戸や京よりも質が悪い。

「これでは使えぬ」

津川一旗がため息を吐いた。

「どうするか、駿府まで出るか」

次の大きな宿場へ移るべきかと津川一旗は考えた。

「あ、あの野郎で」

津川一旗を指さしながら無頼が数人駆け寄ってきた。

「てめえが、しまを荒らしている二本差しだな」

無頼が津川一旗に迫った。

「それがどうした」

「名乗りやがれっ」

認めた津川一旗に無頼が問うた。

「名前を訊くか。ふむ。使えるかも知れぬ」

津川一旗が一瞬思案した。

「吾の名か。吾の名は、東城鷹矢だ」

にやりと津川一旗が嗤った。

第四章　留守の危機

一

鷹矢たちは、草津を出て以降、一切の妨害を受けることなく、桑名から船で宮、府中へと至っていた。

「桑名の焼き蛤《はまぐり》も喰えへんかったし、熱田神社はんにもお参りでけへんかったなあ」

府中の旅籠へ入ったとたんに、土岐がぼやいた。

「物見遊山ではございませぬ。ご辛抱あれ」

鷹矢が叱る前に、昔からの知人である檜川が土岐を宥《なだ》めた。

「わかってるけど……ちいとは楽しみがあってもええやろ」

土岐がだだをこねた。

「檜川はんも江戸へ行くのは初めてのはずや」

「初めてですが、今回は御用というか、老中首座さまからのお召しでございまするぞ」

巻きこもうとした土岐を檜川が窘めた。

「あかん、固いままや」

土岐が檜川の対応にため息を吐いた。

「文句はわかるが、今回は我慢してくれ。その代わりと言ってはなんだが、帰りはゆっくりと楽しむぞ」

苦笑しながら鷹矢が割りこんだ。

「帰り……おますか」

すっと土岐の表情が険しいものになった。

「…………」

いきなり斬りかけられたような言葉に、鷹矢が黙った。

「わかってはりますやろ。江戸は相手の、越中守はんの縄張りや。地の利は完全にあっちにある」

「そうだな」

　鷹矢も認めるしかなかった。

「江戸城のなかで、背中からばっさりはないやろうけど……屋敷へ連れこんで、寄って集《たか》ってということはおますやろ」

「ありえるの」

　土岐の語りを鷹矢はうなずいた。

「他にも面倒は……」

「山ほど待っているだろう」

　鷹矢は苦笑した。

「まあ、そういう悪い話ではなく……」

　一度土岐が話を切った。

「……ええ話を装った足留めもありますわなあ」

「ええ話を装った……」

　檜川が首をかしげた。

「言うことをきかん典膳正はんを、出世させて京から切り離す。そうでんなあ、たとえば伊勢の神宮はんを抱える宇治山田奉行とか、最近、金の出の悪い佐渡奉行とか。江戸からも京からも遠ざけられますし、手柄を立てにくいところや。どころか手強いもんを相手にせんならん」

「よく知っているな」

土岐の口から宇治山田奉行とか、佐渡奉行とかの名前が出たことに、鷹矢は驚いた。

「朝廷を舐めすぎでっせ」

機嫌を悪くした土岐が続けた。

「朝廷は、平清盛以降武家にずっと押さえつけられてきましたんや。ざっと考えて七百年でっせ。その間、なんもせえへんかったはずおまへんやろ。将軍にする、幕府を開くことを許す。つまり、天下の政を預けるちゅうわけですわ。当然、預けっぱなしでええかどうかということになります」

「幕府を見張っていると」

土岐の言いぶんに、鷹矢が問うた。

「見張っている……いいや、隙を窺うとるんですわ。どこかにほころびがないか、ひび割れはできてへんかと」

「むう」

鷹矢がうなった。

「公家は馬鹿ですけどな、阿呆やおまへん。子供のころから勉学をしてますねん。幕府のやりように無理がないかを探すくらいはできまっせ。当然、そうするためには幕府のすみからすみまでを知らんとあきまへんやろ」

幕府のことならなんでも知っていると土岐が言った。

「なんとも」

ため息を吐きながら、鷹矢が首を左右に振った。

「ところで、典膳正はんは、朝廷の仕組みについて、どこまでご存じでおます」

土岐が訊いてきた。

「ようやく蔵人《くろうど》がどのような役目かわかったくらいだ」

鷹矢が苦笑した。

「敵を知り己を知れば云々と言うたのは、唐の国の軍学者でしたかいな」

「わかっている。あまりに幕府は朝廷のことを知らなさすぎる」

嫌味を口にした土岐に、鷹矢が手を振った。

「さて、話を戻しますけど……典膳正はんは、京へお帰りのおつもりで」

「十年役だぞ。それを一年足らずで辞めては、すべてが無駄になるではないか」

確認した土岐に、鷹矢が応じた。

「建前はよろしいで、もう」

土岐が表情をゆがめた。

「…………」

鷹矢が黙った。

「十年、いててなんぞできますか」

「……できまいな」

尋ねられるというより、言い聞かされた鷹矢が首を横に振った。

「当然ですがな。朝廷は二千年以上の歴史を持ってますねんで。それが十年くらいで、その奥まで知られるものではおまへん」

「そうだな」

鷹矢も同意した。

「ということは、禁裏付であり続ける意味はおまへんやろ」

「ないな」

確かめる土岐に、鷹矢が首肯した。

「で、もう一回訊きますわ。京へ帰るおつもりですねんな」

再度土岐が問うてきた。

「ああ」

しっかりと鷹矢が首を縦に振った。

「その理由はなんでですねん」

「簡単なことだ。やられっぱなしは辛抱できぬ」

鷹矢が告げた。

「くくくくっ」

たまらないとばかりに、土岐が笑った。

「ええ性格してはりますなあ」

「鍛えられたわ」

感心する土岐に、鷹矢が笑った。

「それにな。もう一度主上のお声を聞きたいしな」

「わかりますわ。主上は人を惹きつけはりますよってなあ」

土岐も同意した。

「よろしゅうございますか」

襖《ふすま》の外から宿屋の番頭が声をかけてきた。

「ああ、入れ」

鷹矢が許した。

「宿帳に記入をいたさねばなりませぬので、お名前とところをお願いいたしまする」

「幕府家人、東城典膳正である。これは臣の檜川、あれは小者の土岐である」

「お役人さまでございますか」

番頭が目を剝いた。

「本陣はうるさいのでな」

「……なるほど、そういう理由でございましたか」

官名を持つ旗本となると本陣に泊まるのが当たり前である。というより、将軍の家臣である旗本が江戸を離れるなど、御用以外ではまずなかった。

当然本陣では主が挨拶をしに来たり、茶道の点前を披露したり、ゆっくりする間はなかった。

「当宿には何日ご滞在いただけますので」

番頭が続けて問うた。

「一夜世話になる」

「明日の御出立はいつごろに」

「一つ訊きたいのだが……」

「なんでございましょう」

明日いつごろ旅立つのかと尋ねられた鷹矢が、番頭に質問をしたいと言った。

「ここから三島まではどのくらいある」

「三島でございますか。そうでございますね。たぶん十六里（約六十四キロメートル）か十七里（約六十八キロメートル）でございましょうか」

番頭が少し考えて答えた。

「早朝に発てば、日暮れまでに着けるか」

「……難しいかと存じまする」

鷹矢の質問に番頭が首を横に振った。

「なぜかの」

「薩埵《さった》峠が途中にございまして」

番頭が述べた。

「峠越えか」

鷹矢が嫌な顔をした。

「夜明け前に発たれ、日が暮れてから三島に入るのでよろしければ、かなり急ぎ足で頑張ってもらわねばなりませぬが……」

やる気次第だと番頭が告げた。

「もっとも、よほどでなければ」

最後まで言わず、番頭が目を伏せた。

「夜旅はおかけにならぬほうがよろしいかと」

「……夜旅はまずいか」

「さすがに野盗は出ませぬが、足下もよろしくございませぬし」

番頭が助言した。

「ふむ……」

「なにより三島を過ぎれば、すぐに峠になりまする。箱根の関所は日暮れで閉まりまする。ああ、お旗本さまならば別なのかも知れませぬが」

「いや、いかに旗本でも関所は無理だ」

番頭の言葉に、鷹矢が首を横に振った。

「なら、手前で泊まられることをお薦めいたしまする」

「明日には着かぬか」

「遅く着いては泊まる宿がございません。三島は箱根の上り下りと甲州路、伊豆街道の宿場でございますから。まともな旅籠から埋まっていきまする。日が暮れてからですと、遊郭とまごうばかりの宿しか残りませぬ」

ていねいに番頭が教えた。

「そうか。遊郭はまずいな」

「まずいですなあ。京に帰ってからのほうが、危ないっちゅうことになりまっせ」

楽しそうに土岐が笑った。

「なにがまずい」

公用旅ではないが、幕府の召喚に応じてのもので、遊郭に泊まるのは、不謹慎でしかない。それはまずいと考えていた鷹矢が、怪訝な顔をした。

「食事に一服盛られることになりまっせ」

土岐が真顔で言った。

二

九平次も桐屋利兵衛の抜擢を受けるだけの実力を持っている。

「しくじりやがったな」

誰一人雇った無頼が顔を出さないことに、怒りを見せていた。

前金だけを盗って逃げたなら、どこからか噂が聞こえる。

「大坂から来た間抜けな商人から、金をちょろまかしてやった」

九平次を笑い者にした者が出る。

「明日あたり、仕事をすませたとして後金をもらいにいこうか。なあに死体は、草津川に捨てたっちゅうたら、調べようもないがな。それでがたがた言うねんやったら、あいつもやってもうたらええねん」

あるいは実際、働いてもいないのに、そう言って金を取りにくるかする。そのどちらもない。となれば、返り討ちに遭ったと考えるしかなかった。

「くそったれどもが」

九平次が吐き捨てた。

「ご機嫌ななめやなあ。どないした」

「……旦那さま」

見ていたかのように桐屋利兵衛が九平次の前に現れた。

「いえ、なかなか浪が来《け》えへんなあと」

九平次がごまかした。

「やはり来てへんか」

桐屋利兵衛の表情が険しいものになった。

「旦那さま……」

「伝手を頼って、浪を御所から放り出すようにとお願いしたんやけどなあ。金は受け取っておきながら、この顛末《てんまつ》かいな」

すっと桐屋利兵衛の声が低いものとなった。

「ちょっとお灸を据えなあかんな」

「…………」

桐屋利兵衛のお灸という言葉に、九平次が蒼白となった。

「九平次」

「へ、へい」

「ほんまに浪は来てへんねんな」

「た、確かで。夜はさすがに離れますけど、日のある間はずっと見張ってますし」

冷たい声で確認を求められた九平次が何度もうなずいた。

「ほうか。さすがに女を夜に御所から追い出すことはないやろうし」

桐屋利兵衛が納得した。

「気い抜くなよ」

「もちろんでございまする」

釘を刺された九平次が背筋を伸ばして、応じた。

その様子を禁裏付役屋敷の潜《くぐ》り門に開けられた窓から、財部が見ていた。

「気配がだだ漏れじゃ」

財部は鷹矢が留守にしてから、ずっと屋敷を見張る者を探していた。

屋敷を見張る者を見つけるというのは、意外と難しい。

こういうことに慣れていない者ならば、一カ所に佇んで屋敷から目を離すまいとしている、いわば固定された状態なので、すぐにとは言わないが、気づく。

しかし、手慣れた者、頭の回る者などだと、立ち位置を変えたり、真っ直ぐ目を向けず、さりげなく見るようにしたりする。なかには、衣装を替えたり、人を交代で使う者もいる。

そうなれば、剣術の修行をした者でも気配を摑みにくくなる。山のなかではなく、洛中の御所近く百万遍なのだ。禁裏付役屋敷に用のない者も多くが行き交う。そのなかから、見張りを見つけるのは困難であった。

「覚えたわ」

鷹矢たちがいなくなって三日、財部は九平次と桐屋利兵衛の遣り取りに気づいた。

一度見つければ、後は簡単であった。場所を変えようとも、衣服を替えようとも、顔を見ればすぐにわかる。

財部は九平次を見つめた。

「今すぐにでも叩き斬ってやりたいが……」

憤懣《ふんまん》を財部は抱いていた。

財部は京で道場を開く剣術遣いであった。檜川とは石清水八幡宮《いわしみずはちまんぐう》でおこなわれた奉納試合で知り合い、薄いながらも交誼《こうぎ》を続けてきた。

その財部の道場を、桐屋利兵衛に雇われた大坂の剣客、いや剣鬼が襲った。無残な敗北を喫し、弟子もなくした失意の財部のもとを偶然檜川が訪れた。鷹矢の警固が己一人しかいないことを危惧した檜川は、新たな戦力を探すために洛中の知り合いを訪ねていたのだ。

そこで飯も喰わず、水も飲まず、ゆっくりと気死《きし》に向かっていた財部を見つけ、鷹矢のもとへ連れていった。

「復讐を……」

剣鬼への恨みだけで、気力を蘇らせた財部は、檜川の協力で復讐を果たし、そのまま鷹矢の警固となった。

道場破りが来たとき、思い切って叩き潰しておけばと、己の対応の甘さを思い知った財部は、慈悲を捨てた。

「殺せば、二度と敵対することはない」

財部は見敵必殺をあらたな信条とした。

当然、九平次も桐屋利兵衛も腹立たしい。

「吾のおらぬ間は、守りに徹せよ」

鷹矢に釘を刺されていなければ、財部は見つけた途端に切り捨てていたかも知れない。

「どうせならば、屋敷へ踏みこんでこい」

入りこんできたら、遠慮なく撃退できる。

財部は九平次以外の見張りを探しながら、呪詛《じゅそ》のように口にした。

桐屋利兵衛は二条屋敷へ足を運んだ。

「松波雅楽頭さまにお目通りを。桐屋と申しまする」

「そなたが桐屋か。雅楽頭さまより伺っておる。目通りはかなわぬとの仰せじゃ」

二条家の門番を務める雑仕が、冷たい対応をした。

「目通りできませぬと」

「去れ」

確認した桐屋利兵衛に、雑仕が犬を追うように手を振った。

「……さいですか」

桐屋利兵衛があっさりと退いた。

「しくじったな、あいつ」

歩きながら桐屋利兵衛が吐き捨てるように言った。

「金を受け取っておきながら、しくじった。詫びにきて金を返すならまだしも、知らぬ顔をするなど……」

桐屋利兵衛が不満を続けた。

「……商人やったら店ごと取りあげてまうとこやけど、相手が公家、それも二条となると、とても手が出えへん」

いくら金があっても商人には限界があった。

「幕府でさえなんもでけへん。商人がいくら騒いでも無駄やな。下手したら、二条家を貶めたとか言われて、入牢もんや」

権力というのは、金よりも強い。

「しゃあからというて、このままですます気はないで」

口の端を吊り上げながら、桐屋利兵衛が宣した。

「公家には公家や」

桐屋利兵衛が向きを変えた。

公家の住まいは御所を取り囲むようにできている。江戸城でもそうだが、御所に近いほど高位の公家が多くなり、五摂家ともなるとそのいくたりかは、御所の敷地内に屋敷を与えられていた。

「御免やす。桐屋利兵衛でございまする。平松《ひらまつ》さまにお目通りを」

「しばし、待て」

桐屋利兵衛に御所今出川御門内にある近衛《このえ》家の門番雑仕が応じた。

「入れ。お会いくださるそうや」

すぐに桐屋利兵衛はなかへ招かれた。

「おおきに」

当たり前だが、商人のために近衛家の表門は開かれない。桐屋利兵衛は潜《くぐ》り門を通りながら、いつも用意している一分金を包んだ紙をすっと門番雑仕に出した。

「お世話になります」

「……すまぬの」

たちまち門番雑仕の顔がほころんだ。

近衛家は公家のなかでもっとも多い家禄二千八百石余りを誇る。だからといって、門番雑仕の扶持は他家と変わらない。年にすれば十俵あるかないかなのだ。わずかな金でもありがたい。

「供待ちや」

門番雑仕が、玄関をすっと指さした。

「おおきに」

もう一度腰を屈めて、桐屋利兵衛が供待ちへと向かった。

供待ちとは、その名前のとおり、供をしてきた小者や従者が主の用件が終わるまで控えている部屋のことだ。

多くは玄関の隣にあり、小座敷になっている上等なものから、土間に腰掛けとなる横木を渡しただけのものまであった。近衛家の供待ちは、狭いながらも小座敷になっており、真ん中に囲炉裏が切られていた。囲炉裏には申しわけていどの炭があり、その上で五徳《ごとく》に載せられた鉄瓶が湯気をあげている。そして、囲炉裏の傍には、いくつもの湯飲みが置かれており、鉄瓶の湯を飲むことができた。

「…………」

動き回って喉の渇いている桐屋利兵衛だったが、身分からして勝手に飲み食いをするわけにはいかないとじっと我慢して、近衛家の家宰平松権中納言が現れるのを待った。

「……どないした、不意に参るとは」

少し待たされた桐屋利兵衛の前に、平松権中納言が顔を出した。

「申しわけございません」

平松権中納言の機嫌があまりよくないと感じた桐屋利兵衛が、平伏した。

「面をあげよ。話ができへん」

平松権中納言が許した。

「ありがとうございまする」

桐屋利兵衛もていねいに礼を述べた。

「で、なんや。桐屋の用というたら、金のことやろう」

「お見通しでございますなあ。そのとおりでございまする」

平松権中納言が柔らかい対応に変わったので、桐屋利兵衛も無礼にならぬていどに合わせた。

「先日お願いいたしました御所出入りの件でございまするが」

桐屋利兵衛は、御所出入りという看板をもらうために、まずは公家を懐柔せねばいけないと考え、五摂家筆頭で朝廷に絶大な影響力を持つ近衛右大臣経熙《つねひろ》を頼り、その費用として一千五百両を預けていた。

「着々と進んでおるがの。ことがことぞ。二百年、数代かけて京の老舗がようやく手にする名誉を一年やそこらでどうこうというのは、いかに御所はんでも難しいで」

家宰の公家は主家を御所と呼んだ。

「それは承知いたしておりまするが、そのぶんを含めただけのものをお預けしておると思いまする」

金のことになると商人は辛《から》くなる。

桐屋利兵衛が、平松権中納言を責めた。

「……わかっておる」

渋い顔で平松権中納言が認めた。

「とにかく、今少し待ちや」

平松権中納言が告げた。

「よろしゅうございまする。それに本日は催促に参ったわけではございませぬし」

「催促ではない……」

桐屋利兵衛の言葉に、平松権中納言が怪訝な顔をした。

「先日お願いした話のことでございまするが、二条さまを外していただけますか」

「二条はんを外すやと」

平松権中納言が驚いた。

「へえ。二条さまにお金のことで不義理をされまして」

「…………」

目つきを鋭くした桐屋利兵衛に、平松権中納言が黙った。

「商人とはいえ、いや、商人なればこそ、お金をただ取られただけというのは、我慢なりませんので」

「ええんか。二条はんを敵にすると、御所出入りの件に支障が出るで」

桐屋利兵衛の怒りに、平松権中納言が訊いた。

「かまいまへん。そのぶんは損と考えます」

「損……」

平松権中納言が息を呑んだ。

「の、のう桐屋。なにがあったんや」

「それを聞かれてどうなさろうと」

「仲に入れるならば、そなたと二条さまの間を取り持てるのではないかと思うてな」

平松権中納言が事情を問うた。

「女を一人、御所から出してほしいとお願いしただけで」

「……女、公家の娘か」

御所には勾当内侍を筆頭に掌侍《ないしのじょう》、内侍などとして、公家の娘が奉公にあがっている。その公家の娘に桐屋利兵衛が目を付けたと平松権中納言は考えた。

「いいえ。雑仕女ですわ」

「雑仕女やと。そんなもん、でけへんはずはない」

平松権中納言が首をかしげた。

「でございましょう。勾当内侍さまへのお金もお預けしましたんやけど……期日を過ぎてもなしのつぶて。先ほど催促にあがりましたら、雅楽頭さまにも会えず門前払いですわ。お公家さまから見たら、ものの数にも入らない商人ですけど、馬鹿にされたままで引っこむほど甘くはおまへん」

「……本気か、桐屋」

桐屋利兵衛の怒りが形だけではないと、平松権中納言が怖れた。

「はい」

強く桐屋利兵衛が首肯した。

「止めとけ。理不尽やけど我慢せい。二条さまの力を侮ったらあかん」

平松権中納言が桐屋利兵衛を宥めた。

「二条さまが反対するだけで、そなたの御所出入りは禁じられる」

「……それがなにか」

桐屋利兵衛が平松権中納言の警告を鼻で嗤った。

「それは二条はんが、朝議に出られたらのお話ですやろ」

「な、なにを考えている」

平松権中納言が震えあがった。

「では、よろしくお願いしまする」

答えず、桐屋利兵衛は立ち去った。

三

五摂家の歴史はもつれた糸よりも複雑であった。

出自は藤原北家、それが分家を繰り返し、五摂家となった。

最初は九条流と近衛流の二つであったが、九条から一条、二条が分家し、近衛から鷹司《たかつかさ》家が別家して、現在の五摂家となった。

ときの天皇の正室中宮を出し、その中宮が生んだ娘が降嫁《こうか》する、五摂家同士で養子や正室の遣り取りを繰り返す。格別な家柄だけに、交流を持てる相手は限定されるため、長い歴史のうちにすべてが近い一族となるほど血を重ねてきた。

表では摂政、関白、同じ時期にただ一人しか到達できない人臣極官を争う好敵手であったが、裏では家族のつきあいをしていた。

「雅楽頭はん、桐屋になんぞ不義理をしたんか」

すぐに平松権中納言が、松波雅楽頭と面談をするため、二条屋敷を訪れた。

「そっちに行ったか」

松波雅楽頭が苦い顔をした。

「えらい怒ってたで」

「わかってる。たしかにこっちが悪いねんけどな」

なにをしたのか話せと促す平松権中納言に、松波雅楽頭が嘆息した。

「先日、桐屋から勾当内侍への仲立ちを頼まれたんや。御所の雑仕女一人を追い出してくれという求めをな」

「雑仕女……そんなもん、手紙一本ですむがな」

平松権中納言が首をかしげた。

「まあ、桐屋の出した金も金やったでな。長橋の女御を呼び出して、金を渡して頼んだんや。もちろん、女御は文句一つ言わんと引き受けた」

「ほな、それで終わりやろ」

「そう思うた。翌日には雑仕女が放り出され、後金を持った桐屋がえびす顔で来るやろうと待ってたんや。しやけど来えへん。念のために御所で噂を聞いてみたら、放り出された雑仕女はいてへんちゅうやないか。あわてて長橋の女御を呼び出したんやけど、無視されてな」

「けったいな話やな」

松波雅楽頭の語ったことを聞いた平松権中納言も不思議そうな顔をした。

「なにがあったんや」

「桐屋を怒らせたら、金が困るよってな。無理な伝手を使って、雑仕女のまとめをしている女に問うたら……」

平松権中納言に訊かれた松波雅楽頭が説明を途中で止めた。

「どないした」

先を言えと平松権中納言が急《せ》かした。

「桐屋が追い出せと求めた雑仕女に、主上がお声をおかけになられたと」

「うわっ」

松波雅楽頭の話に、平松権中納言が驚愕した。

「それはあかんわ」

平松権中納言が納得した。

「しゃあけどな、それやったら、金を返したらすむやないか」

「……そうやねんけどな」

松波雅楽頭が口ごもった。

「遣いこんだか」

「いや、違う。違わんか」

平松権中納言からの問いに、松波雅楽頭がなんともいえない顔をした。

「勾当内侍が、勾当内侍が、金を返さぬ」

「……ありえるな。あの女は強欲やさかい」

頭を抱えた松波雅楽頭に平松権中納言が嘆息した。

「桐屋に合わす顔がない」

「…………」

うつむいた松波雅楽頭に、平松権中納言が黙った。

「あのなあ、雅楽頭はん」

「……なんぞ」

言いにくそうに声をかけた平松権中納言に、松波雅楽頭が顔をあげた。

「桐屋に気を付けや。今日、帰りにとてつもなく悪い顔をしてたで」

「とてつもなく悪い顔やて、もともと悪相やぞ、あいつ」

平松権中納言に松波雅楽頭が、応じた。

「違う。あの顔は、大江山に巣くう鬼とはかくやというほど、恐ろしかったわ」

「……まずいか」

松波雅楽頭が眉をひそめた。

桐屋利兵衛が裏でなにをやっているかを知らずして、五摂家の家宰なんぞやっていられない。

「気を付けや」

用はすんだと平松権中納言が腰を上げようとした。

「なあ、口利いてもらわれへんか」

松波雅楽頭が平松権中納言の目を見た。

「桐屋との仲をか」

「なんとか頼むわ」

確かめた平松権中納言に松波雅楽頭がすがった。

「でけへんことはないやろうけどなあ。相応のことをせんなあかんやろう」

「金か」

「桐屋が金で退くと思うか」

「……ないな」

訊かれた松波雅楽頭が、首を横に振った。

大坂でも指折りの豪商である桐屋利兵衛の財は、十万両を軽くこえると言われている。それだけの金を持っている桐屋利兵衛へ百両に足らぬ詫び金を出しても、相手にされないのはまちがいなかった。

「となると……」

松波雅楽頭が困惑した。

「二条家の名前しかないやろ。桐屋の望む御所出入りを強く推してやるしかの」

平松権中納言が述べた。

どれほど浪が美形であろうが、かつて人を殺めた女に天皇が手を出すわけにはいかなかった。これは、男と女が閨を共にする限り、子供が生まれるかも知れないからである。

天皇の血を引く子供、その子がいつか高御座に上らないとは限らないのだ。たとえ、生まれてすぐに仏門へ入れ、俗世との縁を切らせたとしても、他の皇子がいなくなれば、還俗《げんぞく》させせろという話が出てくる。

死穢《しえ》をなによりも嫌う朝廷、天皇にその穢《けが》れが付くなど認められるはずもない。それこそ、万一の事態が起こらないよう、生まれたばかりの、いや生まれる前の皇子を抹殺しかねない。

「生まれてくる子供に罪はないというのはまちがいないが……罪は大人が決めるもの」

光格天皇が嘆いた。

浪への手出しを読んでいた土岐の頼みに応じて浪を雑仕女から引きあげたが、光格天皇はまだ浪を一度も閨へ呼んでいなかった。

「かといって……このままだとそう長くは保《も》たぬな」

手元に囲いながら、手を出していないというのは、周囲の興味を引く。ましてや浪は、実家との縁を切られ、今では禁裏付東城典膳正が親元となっている。

つまり浪は武家の娘扱いを受ける。それもたかが千石に満たない下級旗本である。他の女官たちからすれば、気になってしかたのない相手なのだ。

わざわざ雑仕女から引き抜いておきながら、一度も召さない、通わないというのは、いい評判には繋がらない。

「御用がないようでございますれば、早々に親元へ戻されてはいかがでございましょう」

「なにか、ご不足でもおじゃりましょうや」

内侍あたりから、さりげなくともいえない問い合わせが来ることになる。

「せめて爺が戻るまでは、庇護せねば」

光格天皇にとって、土岐は実家閑院宮家からずっと付いてくれている信頼できる者である。土岐のおかげで、光格天皇は何度も危ないところを避けられた。

「なによりも、爺に失望されたくはない」

光格天皇が独りごちた。

たとえ戻ってくる前に浪が掠《さら》われる、あるいは殺されるなどあっても、土岐は光格天皇を責めない。

「浪の運は、そこまでやったんですわ」

淡々とそう言って、土岐は浪を切り捨てる。

だが、その心中は穏やかではない。光格天皇は、土岐の内心を思って、もう一度ため息を吐いた。

「形だけでも呼んでおくか」

光格天皇が難しい顔をした。

天皇の一日は厳重に管理されていた。庭の散策、午睡くらいは問題にならないが、閨に誰を呼ぶかは、厳密な管理を受ける。

「今宵はあの者がよかろう」

これは通らなかった。

女にも都合がある。血を嫌う宮中なのだ。月のものの間は、天皇はもちろん、その衣類、着替え、食器、筆や硯《すずり》などの愛用道具に触れることさえ許されない。

また、閨に侍るためには精進潔斎《しょうじんけっさい》をしなければならず、数日前から葱《ねぎ》、韮《にら》、大蒜《にんにく》などの臭いものを断ち、掃除などの当番から外れる。

いろいろな準備が要るだけに、今日思いついて今夜とはいかなかった。

「うるさいことじゃ。これならば宮家がましであったかの」

閑院宮家の皇子であった光格天皇は、庭の池に飛びこんで鯉を捕まえようとしたり、柿の木に登って渋柿を落とそうとしたりとやりたい放題であった。

「男の子はそれくらいでなければの」

父である閑院宮典仁親王も、それを許していた。

「危のうございまするぞ」

その光格天皇を追いかけて捕まえたのが土岐であった。

「御身は高貴なるお血筋。無理はなされても無茶はなりまへん。周りから愚かと思われてもよろしいけど、それに対抗できるだけの理由を、名分を用意せなあきまへん」

木から落ちるたび、池で全身びしょ濡れになるたびに、土岐が叱ってくれた。

「誰《たれ》ぞある」

「主上、これに」

すぐに当番の侍従が応じた。

「近々、浪に共寝を許す」

「はっ」

侍従は四位という高位を与えられる、将軍における小姓のようなものである。光格天皇の言葉を妨げることはなく、そのまま勾当内侍へと伝えるのが役目であった。

「早く戻ってきてくれよ、爺」

光格天皇が呟いた。


府中をのんびり発った鷹矢たちは、薩埵峠をこえた蒲原宿で足を止めた。

「たいしたことおまへんでしたなあ」

土岐が薩埵峠を評した。

「山越えというほどでもないからの」

鷹矢も同意した。

「ですが、峠の上から遠望した富士の山の美しさは格別でございました」

檜川が興奮していた。

「たしかに、あれは一生の見物《みもの》でございましたわ」

土岐も感動を思い出した。

「あの姿は一度見ないとあきまへんな。あのお姿を見れば、関白になるんや、摂政になったなんぞ、小さいことやとわかりますやろ」

しみじみと土岐が言った。

「たしかにな。富士のお姿は、すべてを凌駕する。神君家康さまが、隠居の地に駿河府中を選ばれた理由がわかる」

鷹矢も首を縦に振った。

「都を府中に移せば、阿呆なまねをする輩《やから》も減りますやろなあ」

「遠すぎるぞ」

土岐の感想に、檜川が苦笑した。

「妙手ほど、でけへんもんですわなあ」

大きく土岐がため息を吐いた。

千年を京で過ごした公家たちが、富士の裾野こそ都たるべしとなったところで、引っ越すことはない。

前例ですべて動いている公家が、住み慣れた京を捨てることはありえなかった。

「主上さまにお見せしたいなぁ」

しみじみと土岐が漏らした。

「富士の絵姿を土産にすればよいのではないか」

鷹矢が助言した。

蒲原の宿場は小さいが、絵姿を売っている土産物屋は何軒かある。

「そうでんなあ。行きに購《あがな》うと、しわになりますなあ。帰りにでもいくつか買いまひょうか」

土岐がうなずいた。

「ここから三島までは、およそ十里（約四十キロメートル）と先ほど宿の者に聞きましてございまする」

檜川が話題を変えた。

「十里か。ここから三島まで天然の険もない」

「すんなりいけば、三刻（約六時間）ちょっとで着きますなあ」

鷹矢と土岐が続けた。

武士は足が速い。剣術の多くは、歩を大事にする。足配りができなければ、咄嗟にかわすことができず、撃ちこんでも届かない。

「手で討つのではない。足で相手のつま先を踏むつもりで出ろ」

どこの流派でも、踏みこみを重視する。

剣術道場の主だった檜川はもちろん、屋敷に師を招いて稽古を受けていた鷹矢も、健脚である。半刻（約一時間）で一里半（約六キロメートル）以上進む。

そして土岐も、小柄で痩身ながら、鷹矢たちの歩みに遅れることなく付いてくる。

「いい宿は早めに押さえねばならぬのだろう」

「と府中の宿の番頭は申しておりました」

確認するような鷹矢に、檜川が首肯した。

「となれば昼過ぎ、八つ（午後二時ごろ）には三島に入っていたいな」

「できればで、三嶋神社はんにお参りも」

土岐が願いを挟んできた。

朝廷に仕えるからか、土岐は信心深い。

「なれば、朝少し早め、五つ（午前八時ごろ）前に宿を出るとするか」

「おおきに」

「はい」

鷹矢の提案に土岐が礼を言い、檜川が従った。

「では、早めに休むとしよう」

強行というほどではないが、疲れるのはまちがいない。

鷹矢が早寝すると告げた。

四

津川一旗は、毎日のように無頼を痛めつけていた。

「なにしやがる」

「みょうなまねをするからだ。見ろ、壺《つぼ》のなかに糸が張ってある。この糸で賽を引っかけて、出目を好きにしていたろう」

旅人を誘いこみ身ぐるみを剝がして放り出す賭場を荒らしたり、

「おれの女に手を出しやがって」

「誘いを受けたからな」

美人局《つつもたせ》を仕掛けてきた無頼の腕を斬り落とし、色香でだまそうとした女の髪を切り落としたりし続けた。

「覚えてやがれ」

「この東城鷹矢、逃げも隠れもせぬ。いつでもかかってくるがいい」

鷹矢の名前を騙《かた》って、恨み辛みを増やしていった。

「……ふむ。これ以上無頼を減らすのはまずいな」

出会うたびに無頼を殺し、片腕を飛ばししてきた津川一旗は、途中で気づいた。

いざというときの戦力を減らしすぎては意味はない。津川一旗は、やり方を変えた。

「こいつっ」

「遅いわ」

殴りかかってきた無頼のみぞおちに、津川一旗が当て身をくれた。

「ぐふっ」

急所への打撃で、無頼が意識を失った。

「……………」

あっさりと倒された仲間に、無頼たちが呆然となる。

「戦いでも喧嘩でも、動きを止めたら負けぞ」

どれほど数がいようとも、呑まれてしまえば勝負にはならなかった。戦う、勝つという意思のもとに連携していればこそ、衆寡《しゅうか》敵せずは生きる。

一人一人が他人に押しつけ、なんとか自分だけは助かりたいと逃げ腰になっていれば、数の優位は意味をなさなくなる。

「ふん、ぬん」

津川一旗が動くごとに敵が倒されていく。

「うわあ」

勝てぬと知った無頼たちが逃げ出した。

「肚《はら》のない」

その有様に津川一旗があきれた。

「さて、これくらいでいいか。そろそろ来るだろう、東城が」

江戸からの呼び出しが京へ向かったことを津川一旗は知っている。

なにもなければ、御用飛脚は江戸と京を七日で走破する。そこから計算すると、鷹矢たちはここ数日以内に三島へ到着するはずであった。

「かならず三島に泊まるはず」

津川一旗は鷹矢の行動を決めつけていた。

「見過ごしては意味がない」

三嶋神社は東海道に面している。この門前にいれば、鷹矢たちを見過ごすことはない。

無頼の相手を止め、津川一旗は三嶋神社の門前に身を潜めた。


三島の宿場は、大きく分けて四人の親分衆が縄張りを主張していた。

「集まってくれねえか」

そのなかでもっとも歳嵩な親分が、残りの三人を招いた。

「罠じゃねえ。宿場を荒らし回っている侍をどうするかを話し合いたいだけだ。場所は本陣宿を昼間借り切っている。同行は三人までにしてくれ」

歳嵩な親分の招集に、三人のうち二人が応じた。

本陣の主は名字帯刀を許されている宿場を代表する人物で、宿泊する大名たちとの前に挨拶にも出るため役人たちへの影響力も大きい。いかに無頼の親分とはいえ、どうにかできる相手ではなかった。

「相葉《あいば》の花次郎《はなじろう》はどうした」

「あいつは来ねえよ。手下の半分が使いものにならなくされたんだ。縄張りを保つことも難しいだろうさ」

問われた大柄な親分が鼻で嗤った。

「ふん、相葉の縄張りに手を伸ばしているんだろう、酒蔵《さかぐら》の」

もう一人の親分があきれた。

「なにを言う。富士見の。おめえも賭場のいくつかを奪ったじゃねえか」

酒蔵と呼ばれた親分が言い返した。

「そういうのは、二人でやってくれ。話が進まねえ」

歳嵩の親分が割って入った。

「ちっ」

「……ふん」

二人の親分が目をそらした。

「どう思う」

歳嵩な親分が問うた。

「なにがでえ」

「あの侍のことか」

なにも考えていない酒蔵の親分と質問の意味を理解した富士見の親分が応えた。

「そうよ。あの侍はなんの目的があって、三島を荒らし回っているんだ」

歳嵩な親分が首をかしげた。

「そもそもあいつを知っている奴はいるか」

「知らねえ」

「見たこともねえ」

訊いた歳嵩な親分に、酒蔵の親分と富士見の親分が首を横に振った。

「少なくとも宿場の者じゃねえな」

富士見の親分が告げた。

「近隣も違うだろう。あれだけ腕の立つ者なら、噂になっていなければおかしい」

「だの」

歳嵩な親分がうなずいた。

「他所者ということか」

酒蔵の親分が吐き捨てるように言った。

「その他所者がなぜ、あのようなまねをしているのか」

もう一度歳嵩な親分が訊いた。

「縄張りを奪いにきたんじゃねえのか」

「一人でか。たとえどこかの縄張りを奪ったとて、寝首を掻《か》かれて終わるだけだ」

あっさりと口にした酒蔵の親分を富士見の親分が嘲笑した。

「じゃあ、なんでえ」

酒蔵の親分が富士見の親分に嚙みついた。

「誰かに雇われているんじゃねえかと思う」

富士見の親分が口にした。

「誰か……誰でえ」

「わからんわ。三島の宿は繁栄している。手に入れたいと思っている者は多い。近隣の宿場を仕切っている親分の誰か……」

酒蔵の親分に尋ねられた富士見の親分が途中で切った。

「か……続きは」

「三島の宿を独り占めしたいと考えた親分の一人」

先を求められた富士見の親分が述べた。

「なっ、なんだと」

酒蔵の親分が驚愕した。

「…………」

歳嵩な親分は黙っていた。

「鳥居の親爺、おめえじゃねえのか」

反応しなかった歳嵩な親分に、酒蔵の親分が詰め寄った。

「儂ではない。と言ったところで信じられまいが」

鳥居の親爺と呼ばれた歳嵩な親分が苦笑した。

「富士見の、おまえさんじゃないかと儂は疑っている」

「とんでもないことだ。うちの手下が何人やられたと思っている」

鳥居の親爺に言われた富士見の親分が首を横に振った。

「なによりおいらだったら、話なんぞに来ねえよ」

「隠れ蓑というのもある。手下なんぞ気にもしめえが」

否定した富士見の親分に鳥居の親爺が追い打ちを放った。

「てめえかあ」

酒蔵の親分が怒鳴った。

「落ち着け。おいらだったらいいが、もし鳥居の親爺だったら、おいらたちが争うのは、漁夫の利を与えることになる」

「ぎょ……なんだ」

「鳥居の親爺にいいところを持っていかれると言ったんだ」

「おおっ」

噛み砕いてもらった酒蔵の親分が理解した。

「儂だったら、そもそもおまえたちを集めはせん。このまま放っておけば、皆潰れたろうからな」

「うっ」

「むっ」

　鳥居の親爺の言いぶんに二人が詰まった。

「儂はここにおる者ではないと考えておる」

「では、相葉のやろうが」

「あそこまでぼろぼろになっては、後が大変だ。縄張りを広げるためとはいえ、見捨てられた手下たちが黙っちゃいねえ」

　告げた鳥居の親爺に酒蔵の親分と富士見の親分が違った反応を見せた。

「儂も相葉ではないと思う。あやつにそれだけの度胸はないし、あれほどの腕利きをこの宿場に隠して、儂らの目をごまかすほどの器量もない」

「たしかに」

「ああ」

　二人も納得した。

「じゃあ、代官所の……」

　三島は幕府領になる。駿河城代の配下である代官が支配していた。

「あやつにそんなまねはできねえ。しっかり、女で骨抜きにしてある。なにかしでかしたら、こっちに話が来る。なにより、代官として宿場が騒がしくなるのは望んではおるまい。もし、今回のことが府中に知れたら、代官は駿河城代さまに呼び出され、下手をすると……」

鳥居の親爺が腹の前で刀を横に引くまねを見せた。

「となると……他の宿場の」

「だろう」

確かめた富士見の親分に鳥居の親爺がうなずいた。

「ふざけやがって、どこのやろうだ」

酒蔵の親分が拳を床に打ちつけた。

「わからねえが、このままじゃまずい。儂らの力が落ちたと知った宿場の連中が、金を出し渋るようになった」

無頼の主な収入は賭場と遊女だが、それ以外にも旅籠や店の守護代というのもあった。

「なにかあったときは、守ってやるぜ」

「わずかな金で、儂らと敵対せんとすむんだ、安いものだろう」

用心棒が脅しをかけているようなものであるが、出さなければそれこそ店を潰すくらいの報復がある。

その守護代の支払いを延ばそうとする者が出だしていた。

「だな」

「うむ」

鳥居の親爺の危機感に二人が同意した。

「でな、今までのいきさつを一度忘れてだ、手を組まないか」

本題を鳥居の親爺が出してきた。

「手を組むだと。去年のことを忘れたとは言わせねえぜ、鳥居の親爺」

酒蔵の親分がふざけるなと怒った。

「去年のは、おめえが遊郭に気を配らなかったからだろう。だから、儂のところに女が逃げてきた。それを儂は憐れんだだけだ。慈悲の心で救ってやった。あのままだと、あの女たちはどんな目に遭ったか。酒蔵は鬼だとそしられるのを防いでやったのだ。恨まれるどころか感謝されて当然だと思うがな」

鳥居の親爺が嘲笑を浮かべた。

無頼は力で支配するものだが、それだけでは縄張りを維持できなかった。普段はどれだけ厳しかろうとも、状況に合わせて仏心を見せることも要る。人心というのは、押さえつけるだけでは付いてこないのだ。

「ぐっ」

やりこめられた酒蔵の親分が詰まった。

「鳥居の親爺、今、手を組むのはいい。それはこれからもずっとこの三人で三島の宿場を仕切っていくということか」

富士見の親分が確認した。

「いいや。あのなんとかいう侍を殺し、その後ろにいる者を倒すまでよ。それ以降は、またもとどおり」

「鳥居の親爺の縄張りに手を出しても」

「もちろん、儂もおまえを喰いにかかるぞ、富士見の」

酒蔵の親分を放置して、鳥居の親爺と富士見の親分がやり合った。

「なら、いい。このまま仲よしこよしじゃ、縄張りは広げられねえ。いつか、一人で三島を締めようと思っているのでな」

縄張り争いをしていた無頼たちが、集まっては情報を交換した。

「逃げたか」

三島の宿場はさほど大きくない。数多くの無頼が駆けずり回れば、一日ですみからすみまで調べることができる。

津川一旗の影さえ摑めなかった無頼たちが、気を緩めた。

「探し人か」

日が暮れ、街道の出入り口を見張っていた無頼たちが、疲れも合わさって油断したところに覆面をした津川一旗が声をかけた。

「なんだ、てめえは」

「ま、まさか……」

無頼たちが反応したときには、すでに津川一旗の間合いであった。

「東城鷹矢よ」

「いやがったああ」

「逃がすんじゃねえぞ」

名乗りを聞いた無頼たちが興奮した。

「口を開く暇があったならば、刃物を抜け」

覆面の下で笑いながら、津川一旗が襲いかかった。

「がっ」

「ぎゃっ」

戦力を減らすわけにはいかない。

津川一旗は刀を抜かず、拳で殴るだけに止めた。

「やろう」

懐に忍ばした匕首《あいくち》を出せた無頼もいたが、手首を摑まれて投げ飛ばされた。

「くはっ」

受け身など知らない。背中を打ち、肺のなかの空気をすべて排出させられた無頼が気を失った。

「話にならんな」

瞬《まばた》きするほどの間で片付けた津川一旗がため息を吐いた。

「とてもあやつらを仕留められまい」

津川一旗が東海道を京へ向けて進み始めた。

「やはり最後は、吾が手でするしかなさそうだ」

さすがにもう三島の宿場の旅籠に滞在するのはまずい。津川一旗は、三島を出て一丁（約百十メートル）ほどのところにある地蔵堂をねぐらに選んでいた。

「あやつらが家士を押さえてくれれば、東城ごとき吾が敵にはあらず」

津川一旗は霜月織部を倒した檜川の腕を怖れていた。

「負けはせぬだろうが、相討ちになっては意味がない。なにより、吾が家士と戦っている間に、逃げられれば……」

難しい顔で津川一旗は、独りごちた。

檜川を倒したとして、津川一旗はそのまま逃げた鷹矢を追えない。

「無事ではすまぬ……」

津川一旗も徒目付に選ばれるだけの腕をしている。徒目付は目付が動くときの先手にもなるのだ。目付が大名や旗本の当主を捕縛に向かったのを、家臣が黙って認めるはずもなく、争いになる。

「将軍家のご指図であるぞ」

と目付が騒いだところで、家臣たちにとって将軍など、雲の上に住む、神のようなものて、現実味がない。

なにより武士としての禄をくれているのは、連れていかれかけている当主である。もし、当主が罪を得て、家が潰されれば家臣たちは浪人になる。明日から喰えなくなるのだ。己の身が破滅するならば、ここで抵抗して目付たちも道連れにと考える。

そういった身を捨てた者たちから目付を守り、さらに罪人を無事に捕縛しなければならないのが徒目付なのだ。

当然、荒事にも慣れている。

その徒目付のなかでも、霜月織部と津川一旗は、抜きん出た遣い手として知られていた。

「織部を仕留めた腕……」

津川一旗は檜川との対戦を避けたいと考えていた。

「越中守さまは、このようなところで足踏みをなさるお方ではない」

松平定信が子供のころから従っている津川一旗は、その才能を崇めていた。

「こんなところで、越中守さまに足踏みをしていただくわけにはいかぬ」

津川一旗が声に出した。

「死んだ織部のぶんも拙者は越中守さまをお支えするのだ。死ぬなど織部に叱られるわ」

きっと津川一旗が夜空を見上げた。

第五章　戦いの宿

一

少し早めに蒲原の宿を出た鷹矢たちは、沼津で昼餉をすませた。

「いやあ、海の魚ちゅうのは、うまいもんでんなあ」

土岐が目の前の海で獲れた魚を焼いたものに舌鼓を打った。

「京の魚が塩辛いのだ。若狭の鯖も塩漬けでは、その身の味もわからぬであろう」

鷹矢が訂正した。

「鮎や山魚女《やまめ》などの川魚は、なかなか趣もあると思うぞ」

「年中喰えまへんやん。鮎は初夏から秋ですし、山魚女は滅多に手に入りまへんし。

いつでも喰えるのは、鯉《こい》か鮒《ふな》。泥臭うて」

「そうか、屋敷でも鯉はよく出るが、泥臭くないぞ」

辟易《へきえき》といった表情の土岐に、鷹矢が首をかしげた。

「気い付いてはりまへんのかいな」

「なににだ」

驚いた土岐に、鷹矢がもう一度首をかしげた。

「鯉は泥抜きしてますねん」

「泥抜き……」

「生きている鯉を買うてきて、井戸水を張った盥《たらい》で数日生かしておくと身体に入ってた泥が、抜けますねん」

「なかなか面倒なものだな」

鷹矢が感心した。

「それを南條の姫はんが、毎度してくれてますねんで」

「そうだったのか」

聞かされた鷹矢が驚いた。

「張り合いのないお方でんなあ」

「すべてに気の回るお方も、それはそれで……」

あきれる土岐に、檜川が首を横に振った。

「たしかに、そうやな。なんもかんもわかってるのもうるさいよって、ちょうどええのか」

「なにがだ」

しゃべりながら歩いていると、思ったよりも進んでいる。

「鐘の音が聞こえるな」

ふと鷹矢が気づいた。

「……ほんに」

「聞こえまする」

足を止めた鷹矢に土岐と檜川が追随した。

「向新宿の立て場に着いたか」

鷹矢が呟いた。

向新宿は三島を出て最初の立て場である。ここには、近隣へ刻を報せる鐘が設置されていた。

「あの鐘は八つ（午後二時ごろ）だな」

「さいでんな。ちょうどええ加減ですわ」

確認した鷹矢に、土岐がうなずいた。

「では、三島に入って旅籠を探そうぞ」

鷹矢が促した。

三島の直前には千貫樋《せんがんどい》という伊豆から駿河へ繋がる大樋が通されている。水の豊富な伊豆から、駿河の田畑へ供給するために造られたもので、戦国のころ北条氏康《ほうじょううじやす》が、今川氏真《うじざね》へ娘を嫁がせるときの引き出物として掘削したと語られている。

その大樋をこえるための橋を鷹矢たちが渡った。

「……来た」

それを津川一旗が見つけた。

「ようやく、ようやく織部の仇が……」

津川一旗が興奮した。

「……あれは、御所の仕丁ではないか。なぜ、仕丁が東城と同行している」

津川一旗が、土岐に気づいた。

仕丁は御所の雑用係である。武家伝奏家《ぶけてんそうけ》に勤める雑仕であれば、主に従って江戸へ下向することもあるだろうが、朝廷直属の仕丁はまず洛中から出なかった。

「これが三嶋はんでっか」

大鳥居を見た土岐が感心した。

「見事なものだな。さあ、参ろうぞ」

鷹矢を先頭に一同が参道へと進んでいった。

「…………」

姿が見えなくなったことで興奮を津川一旗は鎮めた。

「朝廷が東城に味方した……ありうる」

鷹矢は幕府の役人でありながら、朝廷に近い言動を重ねている。先日の霜月織部を仕留めたのも、朝廷の裏にかかわることが発端であった。

「どこまでも越中守さまの邪魔をする」

津川一旗が憤怒で両手を握りしめた。

「ふん。それも三島までだ。おまえは箱根の関所をこえられぬ」

遠ざかっていく鷹矢の背中に、津川一旗が吐き捨てた。

大社参拝を終え、三島宿場に入ったところで、鷹矢たちはすさまじい勧誘に会った。

「お泊まりはお決まりでございまするか。定宿をお持ちでなければ、どうぞ当宿へお泊まりを」

定宿がある客への勧誘は御法度であった。

「すまぬが、紹介されたところがある」

檜川が懐から書付を取り出した。

「はたや伊兵衛というのは、どこにある」

客引きの女に檜川が訊いた。

「はたやさんでしたら、この先でございますけど、定宿ではないならば、是非わたくしどもへおいでくださいませ。湯も沸いてございまする。茶も香りのよいものを使っておりまする」

宿の場所を訊いた、それは初めて訪れるとの意味であり、定宿がないことを示している。

客引きの女は、逃がすものかとばかりに檜川の腕を両手で抱えこんだ。

「いや……檜川が真っ赤になった」

「柔らかおすやろ。帯をゆるめにすると一層に」

乳を押しつけていると気づいた土岐がからかった。

「ああ、せっかくの誘いだが、我らはその宿に寄らなければならぬのだ」

鷹矢が女を宥めた。

「……へえ」

さすがに鷹矢の持つ旗本としての雰囲気、禁裏付としてより磨かれた空気に、女がすっと離れた。

「助かる。ついでにはたやを教えてくれ。土岐」

「ほい」

合図された土岐が、すばやく波銭を三枚、女に握らせた。

「……すいません。はたやさんなら、次の辻の左角です。大きな幟旗が出てますので、すぐにおわかりになるかと」

女が礼を述べて、指さした。

「ああ、あれか。助かる」

鷹矢が遠目に見つけた。

「行こうか」

「へい」

「はっ」

三人がはたやへと向かった。

「お客さん、お泊まりは……」

「当宿の名物、鯵の干物は肉厚でございまする」

そこからもまとわりついてくる宿の女を、かきわけてようやく鷹矢たちは、はたやへ入ることができた。

「空いておるか」

「へい。お泊まりでございますか」

檜川の問いに番頭がもみ手で応対した。

「一夜頼みたい」

「ありがとうございまする。どうぞ、お掛けを。おい、お濯ぎを」

客だと告げ、いつものように足を洗われて、三人は二階へと通された。

「……ここか」

剣呑な雰囲気を持った津川一旗には、女たちも絡んでこない。津川一旗は易々と鷹矢たちの宿を確認できた。

「……拙者がここにいては、無意味だな。東城が二人いることになる」

東城鷹矢だと名乗ったが、覆面をし出したのはかなり遅くなってからであったので、津川一旗の顔を見た無頼もいる。

「どうするか」

少し考えた津川一旗が、はたやの隣の宿へと足を踏み入れた。

「霜月織部と申す。一晩の宿を求める」

「おいでなさいませ。霜月さま」

すぐに番頭が津川一旗を受け入れた。

「できれば、街道を見下ろせる部屋がよい」

津川一旗は番頭に小粒金を握らせた。

「これはどうも。おい、お客さまを二階、汐見の部屋へね」

喜んだ番頭が、女中に命じた。

身形《みなり》のよい鷹矢たちは、紹介者のこともあり、最初から街道を見下ろす二階の奥の間へと案内された。

「ようこそ、当家をお選びくださいました」

「四条の伊豆屋はんから、三島ならばここがええと聞かされましてん」

「伊豆屋さまには、何度かお泊まりをいただきましてございまする。なんでも、ご本家は伊豆にあるとか」

応じた土岐に、番頭に代わって応対に出てきた主人が述べた。

「そうなんや。とにかく、よろしゅうたのむで」

「もちろんでございまする。伊豆屋さまのお顔を潰すようなまねはいたせませぬ」

主人がうなずいた。

「……そろそろ宿帳をお願いいたしたく」

三人が茶を喫し終わるのを待っていた主が願った。

「うむ」

茶碗を置いた鷹矢が、名乗った。

「旗本東城典膳正である。これは家臣の檜川と小者の土岐」

「……と、東城さまで」

主が息を呑んだ。

「東城鷹矢だ」

「……は、はい」

もう一度名乗った鷹矢から目をそらしながら、主が宿帳に書き入れた。

「……お手間を取らせましてございまする。では、ごゆるりとお過ごしを」

書き終えると、そそくさと主が部屋を出ていった。

「……典膳正はん」

「殿」

土岐と檜川がため息を吐きそうな表情を浮かべた。

「どうやら、ここでも一騒動起こるようだな」

鷹矢も疲れた顔になった。

二

はたやの主は、階段を駆けるように降りると、番頭を呼んだ。

「いかがなさいました」

いつも落ち着いている主の慌てように、番頭が怪訝な顔をした。

「来た、来た」

「なにが来ましたので」

つっかえる主に、番頭が益々困惑した。

「東城、東城鷹矢だ」

「……えっ」

聞かされた番頭が絶句した。

「宿帳を見ろ」

「へい」

主の差し出した宿帳を番頭が確認した。

「どうする。どうしたらよい。鳥居の親分に報せるべきか。しかし、それでは伊豆屋さんの顔に泥を塗ることになる。商売が成り立たなくなるかも知れん」

客を売るような旅籠に、泊まる者などいない。

「お鎮まりを」

混乱する主を番頭が制した。

「こちらに書かれていることはまちがいございませんか」

番頭が宿帳を指さして確かめた。

「ああ」

主がうなずいた。

「となりますると、あの二階のお客さまは御上のお旗本ということになりまする。それも典膳正という官職をお持ち。かなり高禄なお旗本かと」

「お旗本……」

「はい。もし、当宿でお旗本さまになにかあるようなことになれば、代官さまが黙っておられるとは思えませぬ」

「代官所が出てくる……それはいかぬ」

番頭の話に主が眉をひそめた。

飯盛女のことでは、三島宿場の旅籠が一つになって、代官所に請願をした。その数の多さに、代官所が驚いて折れて、旅籠の言いぶんが通った。

しかし、今回は違う。

はたやだけの問題、それも旗本を無頼に売ったとなれば、他の旅籠が手を貸してくれるはずもなく、代官所も遠慮はしてくれない。

「どうなる……」

おそるおそる主が尋ねた。

「失礼ながら、旦那さまは打ち首獄門、旅籠は闕所《けっしょ》、わたくしども奉公人は流罪か所払いになりましょう」

番頭が告げた。

「う、打ち首……」

主が頭を抱えて座りこんだ。

「では、鳥居の親分には黙っておくべきだと」

「……ばれたときは、ただではすみませぬ。宿は壊され、旦那は海へ放りこまれましょう」

無頼は舐められたら終わりである。宿場中に東城鷹矢と名乗る侍がいたら報せろと命じておきながら、無視されたとあればただではすまさない。

「俺たちに逆らったら、どうなるか」

見せしめとばかりに酷い目に遭わされるのはまちがいなかった。

「どうしたらいいのだ」

番頭の言うことはどちらも正しい。主は藁にもすがる思いで番頭に訊いた。

「……一つしかありますまい」

「あるのかっ」

主が番頭を見上げた。

「鳥居の親分さんのもとへ行き、東城鷹矢さまが当宿にお見えのことをお伝えし、その代わり、明日宿を出るまでお待ちくださいとお願いするしかございませぬ」

「宿を出るまで……か」

「はい。そうすれば、当宿にはかかわりはございませぬ。世に言う出会い仇でございまする」

番頭が述べた。

出会い仇とは、仇討ちに出た者と仇が偶然路上で出会うものをいい、その場で斬り合いが始まることである。

本来仇討ちというのはいきなりではなく、仇の居場所を知った仇討ち者が当該地を管轄する奉行所や代官所に届け出てから始まる。

そうでなければ、人通りの多い町中でいきなり斬り合いなど始まってしまえば、大騒動になり、かかわりのない者まで巻きこまれるからだ。

届け出を受けた奉行所や代官所は、まず仇を捕らえ、逃げられないようにした後、仇討ちが本物かどうかを確認し、まちがいないとわかれば日時を決め、竹矢来を組んで、仇討ちをさせる。

だが、仇討ちが来たと知った瞬間に逃げ出す仇も多く、届け出などしていられない場合に出会い仇はおこなわれた。

「それが無難か。悪いが番頭、鳥居の親分さんのもとへ行ってくれ」

「へい」

番頭が承知した。

主の異様な変化に、鷹矢たちは戸惑っていた。

「典膳正はんのお名前を聞いた途端に顔色が変わりましたな」

「ああ」

土岐の指摘を鷹矢は認めた。

「吾の名前でなにか宿に報せが来ているならば、府中でもっと怪しまれただろう」

鷹矢は松平定信の手ではなかろうと言った。

「越中守はんではおまへんやろ。三島が越中守はんの領内やというなら、まだわからんではおまへんけどな。三島は幕府のもんや。なんぞ仕掛けるならば、代官所を使いますやろ」

「いや、代官ではどうしようもない。代官は目見え以下だ。とても禁裏付には手出しできぬ」

土岐の言葉に鷹矢が首を左右に振った。

「となると……」

「生き残りの津川か」

問うような土岐に、鷹矢が答えた。

「あのお方は、お役人でっか」

「今は違うはずだ。もとは徒目付をしていたが、京で初めて会ったときは剣術修行のため、お役を降りたと申していた」

訊いた土岐に、鷹矢が答えた。

「徒目付ちゅうのは、偉いんでっか」

「いいや。少なくとも目付の帯同がなければ、旗本に手出しはできぬ」

重ねて質問してきた土岐に、鷹矢が否定した。

「ほな、金」

「お目見え以下の御家人は貧しいが、あやつには越中守が付いている。百や二百の金ならば、用意できよう」

掌を上下させて金をもてあそぶ振りをした土岐へ、鷹矢は真剣な表情をした。

「金で宿屋を買収する。それはよろしいけどな、三島中の宿屋に金を撒くわけにはいきまへんやろ」

「だな。来なかった宿屋に渡した金は無駄になる。まさか、外れたから返せとは言えぬ」

ただで物事を引き受けてくれる者は少ない。ましてや客を売るに等しい行為を宿屋にさせるならば、あらかじめ金を渡しておくしかない。

「で、この宿屋はどう出る」

「津川はんに頼まれてたか、別の人に言われたかはわかりまへんけど、報せに走りますやろ。典膳正はんが来たと」

「檜川……すでに見張っていたか」

土岐の言うことからいけば、宿から誰かが出ていくことになる。それを見張るようにと檜川へ命じかけた鷹矢が、感心した。

「殿の家臣をしておりますので、慣れましてござる」

小さく開けた障子窓の隙間から、宿の出入りを見ながら檜川が苦笑した。

「嫌になったか」

「とんでもない。わたくしめの剣がお役に立てておるのでございまする。誇りにこそ思え、嫌だなどとは欠片《かけら》も」

問うた鷹矢に、檜川が応えた。

「恵まれてはりますなあ、典膳正はんは」

「ああ。檜川といい、財部といい、南條どの、布施どの、枡屋茂右衛門どの……そしてなにより、そなたが側にいてくれる」

「うわあ、わたいが女やったら、帯解いてまっせ」

土岐が照れた。

「気持ちの悪いことを言うな」

鷹矢が嫌そうに頬をゆがめた。

「殿……出て参りました」

「主か」

檜川が小さな声で報せたのに鷹矢が反応した。

「いえ、あれは番頭でございました」

「当たりでんなあ。さて、鬼が出るか蛇が出るか」

檜川の応答に土岐が口の端を吊り上げた。

「どれ、わたいも見ましょうか。世間さまを」

言いながら土岐が左隅の障子窓を人差し指ほどの幅で開けた。

「ならば、吾も」

「典膳正はんは、そこにいてもらわな」

障子窓に近づこうとした鷹矢を土岐が止めた。

「さよう。殿には店のなかを気にしていただかなければなりませぬ」

檜川も同意した。

「かならず表から来るとは限りませぬので」

どこにも勝手口はある。

全員が表に注意を払っているところを、後ろから迫られては一気に不利になりかねなかった。

「たしかにそうだな」

納得した鷹矢が敷きものに座り直した。

もちろん、それが鷹矢の疲れを気遣ってのことだとわかっている。ここでそれを言い立てたところで、檜川が認めるはずもなく、かえって言い合うぶんだけ体力を無駄に消費することになった。

「……後で交代すればよいだけのこと」

鷹矢は口のなかで呟いた。

三

鳥居の親分の宿《やさ》は、街道を山側へ外れた一軒家である。門の外に鳥居を模《かたど》った紋を記した大提灯をかけていることで、見間違うことはなかった。

「御免を、はたやの者でございますが、親分さんにお報せを」

番頭が門前で見張りに付いている手下に声をかけた。

「はたやの番頭さん、親分にお報せというと……」

「来ました。東城鷹矢と名乗る武家が」

用件を悟った手下に、番頭がうなずいた。

「付いてこい」

顔色を変えた手下が、番頭を連れて門を潜った。

「……はたやさんのところに来たかい」

番頭の前に立ったまま、鳥居の親爺が確かめた。

「はい。ただ……」

「ただなんだい」

無頼でも上にいくほど、態度は柔らかくなった。恐怖だけで支配できないとわかっているからである。

「江戸の旗本と名乗られました」

「旗本だと……」

聞いた鳥居の親爺が、後ろに控える若衆頭を振り向いて見た。

「そんな話は聞いてやせん」

若衆頭が首を左右に振った。

「盛りやがったな」

鷹矢が嘘を吐いたと鳥居の親爺が決めつけた。

「よし、皆を……」

「親分さん」

人を集めると言いかけた鳥居の親爺を番頭が遮った。

「なんでえ」

優しいだけでも支配はできない。つけあがらせてはまずいと、鳥居の親爺が威圧を放った。

「……ふひっ」

番頭の腰が抜けた。

「情けねえ。他人の話を遮るなら、それなりの肚を見せてみろ。で、なんだ。くだらねえことだったら、ただじゃおかねえぞ」

鳥居の親爺が急かした。

「へ、へい。東城鷹矢さまは、供をお連れで」

「なんだとっ」

「ひいっ」

声をあげた鳥居の親爺に、番頭が首をすくめた。

「何人だ。侍はいるのか」

「供はお二人で。お侍さまはお一人、後は小者の老爺で」

矢継ぎ早に訊く鳥居の親爺に、番頭が必死で答えた。

「おいっ」

もう一度鳥居の親爺が若衆頭を見た。

「聞いてやせん。いつも一人きりだったと」

「親分、こいつは本気で攻めてきたんじゃござんせんか」

否定した若衆頭の後に、手下が口にした。

「三島を制圧すると」

「へい」

口にした手下が、鳥居の親爺の確認に首肯した。

「そいつはねえな。三人くらいでどうにかなるほど三島は狭くねえ」

鳥居の親爺が首を横に振った。

「他の宿にも人を入れているんじゃ……」

若衆頭が言った。

「ないとは言えねえな。はたやの番頭さん、他に客は」

威圧を消して鳥居の親爺が尋ねた。

「……うちはまだ」

他の客はいないと番頭が答えた。

「とりあえず、富士見と酒蔵を呼んできな」

「へい」

手下が二人駆け出していった。

「お、親分さん」

番頭が呼びかけた。

「まだいたのかい。そろそろ宿が忙しくなるだろう」

鳥居の親爺が、さっさと帰れと手を振った。

「主からお願いがございまして」

「宿のことかい。多少は壊すことになるだろうが、しっかり後で償うから、心配するな」

番頭の話に、鳥居の親爺が先回りをした。

「い、いえ。それではなく、あ、主が東城さまご一行が宿を出るまでお待ちをいただきたいと」

「はあ、なにを言ってる」

震えながら告げた番頭に、鳥居の親爺が低い声を出した。

「東城さま、当宿のお得意さまのご紹介をお持ちでございまして……」

「得意先の……どこの誰だ」

ふと鳥居の親爺が気にした。

「京四条の反物卸伊豆屋さま」

「……京だと。みょうだな」

鳥居の親爺が首をひねった。

「その得意先の紹介状に不備は……」

「ございません。まちがいなく伊豆屋さまのもので」

番頭が保証すると言った。

「京……ちいと細工にしても遠すぎるし、無理があるな」

顎に手を当てて鳥居の親爺が思案に入った。

「侍が増えたのはわかる。一人じゃ、できることに限りがある。もちろん、二人になっても三島を仕切るのは無理だ。残る一人は小者と言ったたな」

「へ、へい。歳のころなら、五十をこえているかと。上方の言葉を話しておりました」

「儂より上で京か」

鳥居の親爺が戸惑った。

「はたやさんの望みは、東城たちが宿を出るまで待ってくれと」

「はい。宿のなかでご紹介客になにかありますと……」

確認した鳥居の親爺に番頭が弱気ながら告げた。

「少し待ってくれ。他の連中の話を聞いてからだ」

鳥居の親爺が番頭を止《とど》めた。

酒蔵と富士見の親分は、待つほどもなく駆けつけた。すでに気の早い酒蔵の親分は、子分を連れてきていた。

「東城が出たらしいじゃねえか。どこだ」

いきなり酒蔵の親分が、問うた。

「落ち着け。酒蔵の。まずは話を聞いてくれ」

あきれながら鳥居の親爺が、酒蔵の親分を宥めた。

「悠長なことを言っている場合じゃねえ。またいつものように東城が逃げ出したら、次はいつになるかわからねえだろうが」

酒蔵の親分が興奮を収め切れないでいた。

「ようやっと訪れたあいつらの仇が取れるんだぜ」

猪突猛進《ちょとつもうしん》な酒蔵の親分が縄張りを保てているのは、この情の厚さにあった。

「まあ、待て。相手の話を聞いてから出ても遅くはねえぞ。どこにいるのかとか、得《え》物《もの》はなんだとか、知っておくべきだろう」

富士見の親分が酒蔵の親分を説得した。

「むうう」

酒蔵の親分が呻いた。

「まったく、若いとはいえ、少しはものごとを考えろ」

大きく鳥居の親爺がため息を吐いた。

「……そこにいるのは、はたやの番頭じゃねえか」

ようやく落ち着いた酒蔵の親分が気づいた。

「となると……東城ははたやか」

「だから落ち着け。話が続かねえだろうが」

また飛び出しかけた酒蔵の親分を鳥居の親爺が叱った。

「居場所がわかっていながら、なにもしねえのか」

「問題が起きた」

憤る酒蔵の親分に鳥居の親爺が首を横に振った。

「もう一度、話してくれ」

鳥居の親爺が番頭に頼んだ。

「へ、へえ」

番頭が今にも摑みかかりそうな酒蔵の親分を横目で見ながら、語った。

「……ということでございまして」

こうなれば自棄《やけ》だと、番頭は一気に主の頼みまで述べた。

「旗本はまずいな」

「なにを甘えてやがる。この三島の宿場が襲われているときに、宿の評判なんぞ気にしやがって……」

慎重な富士見の親分と直情な酒蔵の親分に対応が分かれた。

「旗本を殺したとあれば、御上が黙っちゃいねえ。それこそ縄張りを他所者に奪われるどころの話ではなくなる」

富士見の親分が難しい顔をした。

「御上の役人なんぞ、怖くもねえ。ちょいと脅せば、腰の抜けるような奴ばかりじゃねえか。それでもまだ言うなら、代官所を打ち壊してやればいい」

酒蔵の親分が勢いで口にした。

「代官所の相手ではすまぬぞ。出てくるとしたら道中奉行、あるいは駿河城代……」

鳥居の親爺が楽観している酒蔵の親分を窘めた。

「……下手すれば、江戸から火付け盗賊改めが来るかも知れねえ」

「………」

酒蔵の親分が黙った。

無頼というのは、政の隙間に生きている。

「放っておけ」

「気にするほどでもない」

幕府の役人たちは無頼という連中がいることを知っている。民の血を啜《すす》って生きていることもわかっている。それでも幕府に、徳川家に、武家の名誉に手出しをしてこない限りは無視している。

だが、それにも限界がある。

見過ごせば、民の不満が幕府に向かう段階まできたとか、法度破りが放置できないところまできたとか、幕府の名前に傷を付けたとかになれば、一気に対応は激化する。

「大人しくしろ」

「これ以上は許されぬ」

などといった警告はいっさいなく、いきなり、

「御用である」

「手向かいいたすな」

と捕縛に来る。

さらに荒いと評判の火付け盗賊改め方だと、斬り捨て御免ときている。

復讐を果たしたが、己も手下も全滅しましたでは、笑い者になる。それどころか、親分子分が死に絶えた縄張りは、易々と他人の手に落ちる。

「……本当に旗本なのか。まずはそこだな」

富士見の親分が告げた。

「本物だったら、どうする。あれだけやられて泣き寝入りか」

酒蔵の親分が憤懣を露わにした。

「それよ。どうする鳥居の親爺」

「……我らの仕業《しわざ》とわからなければいいのだ」

二人の問いに、鳥居の親爺が応じた。

「宿場を出るまで我慢するしかない。宿場でことを起こせば、代官所にも知れる」

「……逃げ出さないか」

鳥居の親爺の意見に、まだ未練がましい酒蔵の親分が問いかけた。

「見張りを立てる。それぞれから二人ずつ出す。街道の東西出入りと、はたやの出入りを見張るんだ。もちろん、街道の出入り口には交代の連中も詰めさせろ。逃げ出そうとしたとき、二人じゃ押さえられまい」

東城鷹矢と名乗る男の腕は嫌と言うほど身に染みている。

「箱根側には、俺が行く」

「では、沼津側は、おいらが」

宿場は五丁ほどしかない。どちらかに鷹矢が引っかかってからでも、援軍は間に合う。

「用意は怠るな。明日が本番だ」

最後に鳥居の親爺が締めた。

四

窓障子から外を見ていた土岐が静かに手をあげた。

「来たか」

さすがに座っていられないと、鷹矢は近づいた。

「番頭が帰ってきましたんやけど……後ろに二人、露骨にわかるあかんのがいてますわ」

土岐が指さした。

「無頼ではないか。津川とは違う」

関係ないのではと鷹矢が言った。

「よう見ておくれやす。番頭が絶えず背中を気にしてますやろ。後ろに無頼がくっついていながら、あんなまねしてみなはれ、すぐに絡まれまっせ。なに見とんねんと」

「なるほど」

土岐の指摘に、鷹矢がうなずいた。

「番頭が宿に入りましたが、無頼どもは外に残りましてございまする」

檜川がしっかりと見ていた。

「あの無頼どもを津川が雇ったのか」

「どうでしゃろなあ」

鷹矢の考えに、土岐が首をかしげた。

「どこが違うと考えるのだ」

「津川はんの姿がおまへんやろ」

鷹矢の疑問に土岐が告げた。

「……たしかに見える範囲にはおらぬようでございまする」

檜川が少しだけ障子窓の隙間を開け、すばやく周りを見回した。

「あいつが、典膳正はんを直接見ないで満足するとは思えまへん」

「そうだったな」

土岐の考えを鷹矢は認めた。

「となると、心当たりが一気になくなるが」

　鷹矢が嘆息した。

「そんなもん、考えんでもよろしいがな。いずれ手出してきますやろ。そのときに訊いたらよろしいねん」

「飛んでくる火の粉は払うしかないということか」

　土岐の言葉に鷹矢が納得した。

「寝こみを襲われるのは、女《おなご》はんからだけにしてほしいですけどな」

「夜はなかろう」

　冗談を言った土岐へ鷹矢は首を左右に振って見せた。

「なんでそう思わはりますんや」

「旅籠のなかで旗本が死んでみろ。検死が出るぞ」

「病死でごまかすわけには……」

「いかんだろうな。たとえ病死としたところで、召喚された旗本が死んだとあれば不審を呼ぶ。まちがいなく駿河から検死が出される。検死は墓を暴いてあらためるからな。病死したはずの旗本に刃物傷があっては通るまい」

「駿河の役人がここの連中の鼻薬で……」

土岐が懸念を表した。

「鼻薬くらいは嗅がされているだろうが、御上を謀《たばか》るほどではないだろう。もし、知れたら死罪だからな」

死罪は武士として最悪の罪である。切腹だとまだ名誉も守られるし、場合によっては息子や孫、兄弟などに家名の存続が許されることもある。

しかし、首を刎《は》ねられる死罪は、改易処分も含まれる。また、民には免除された連座も適用になる。女は仏門ですむだろうが、一族の男は遠島は免れない。

「なにより、そうなったら上司たる駿河城代も腹を切らなければならなくなる。厳しく言い聞かせる」

切腹で名誉は守られるが、実利は失う。当主が切腹した家の相続は認められるが、少なくとも減禄は喰らう。そして傷は長く残るのだ。それこそ十代にわたって無役ということもある。

「厳しいでんな」

「武士だからな。そして旗本は武士の鑑《かがみ》たる者である」

感心した土岐に、鷹矢が胸を張った。

「とはいえ、確実とは言えぬ。寝ずの番は要るだろう」

「わたくしが……」

檜川が手をあげた。

「頼もう。その代わり、今から休め。吾が寝るときに起こす」

鷹矢が檜川に告げた。

「いえ、一日や二日寝ずとも……」

剣術遣いなのだ。三日くらい寝ない修業は積んでいた。

「そなたが吾が守りである。その守りが十全でなくば、不安でたまらぬ」

「……はっ」

主からそう言われては、従うしかない。

檜川が横になった。

「ほな、わたいはちいと出てきますわ」

土岐が立ちあがった。

「どこへ行く」

「そのへんの茶店で握り飯でも買うてきまっさ。さすがに毒はないですやろうが、この宿の食事になんぞ盛られたらかないまへんやろ」

訊いた鷹矢に土岐が述べた。

「大丈夫か」

「こんな老人一人、襲ったところでどうにもなりまへんわ。それより、狙っていると教えることになるほうが……まずいとわかってますやろ……わかっててくれてますやろな。たぶん」

不安そうな顔をわざと見せながら土岐が出ていった。

「食事は要りまへんで」

一階へ降りた土岐は番頭に短く告げた。

「……へい」

番頭が震えた。

「ああ、明日の朝飯も、弁当も不要ですよってな」

番頭の様子に土岐が、嗤って追加した。

「ちと見物に出かけてきまっさ。上はお休みやさかい、静かにな」

「へ、へい」

顔を出すなと釘を刺された番頭が、大きく首を縦に振った。

「……さて、見張りはあそことあそこ。どれ、宿場の外れは……」

土岐が街道を箱根に向かった。

「しっかり見張っとるなあ。おおおう、数も揃えて」

酒蔵の親分たちを確認した土岐が感心した。

「当然、あっちもあかんねんやろうな。しゃあない。ちょっと多い目に喰いもの買って、帰るとしまひょ。明日は峠越えだけではすまんようやし」

土岐が苦笑した。


津川一旗は、はたやに隣接する旅籠の二階から、土岐の動き、無頼が出した見張りのすべてを見ていた。

「ふん、あの爺を放し飼いにするとはな」

津川一旗があきれていた。

いた。

「あの爺が一番の曲者だというに」

今までの遣り取りから、津川一旗は土岐こそ、もっとも注意すべき敵だと理解して
「天皇にも近く、刃物を見ても物怖じをしない肚もある。さらにあの人面妖怪な公家の連中とも渡り合っている」

津川一旗は手に竹皮包みを下げて戻ってきた土岐を見て呟いた。

「飯だな。よく気の回ることだ」

旅籠の食事に毒は盛れない。いくら地元を締めている無頼の指図とはいえ、泊まり客が旅籠の出した料理で死んだとなれば、客は二度と寄りつかなくなる。

「どうぞ、お泊まりを」

客引き女がはたやのことを知らない旅人に声をかけたら、

「そこは止められたほうがよろしいかと。泊まり客が三人、出された料理で死んでます」

すぐに近隣の宿屋の客引きが割って入る。

「邪魔するな」

と怒ったところで、事実なのだ。それを否定はできない。

「毒ではないが、下し薬くらいなら、盛れる」

津川一旗は見抜いていた。

明日の朝餉に下し薬を入れておけば、死ぬことはない。一日やそこら腹を下すだけで、普段ならば、下痢止めを飲むだけですむ。

だが、命をかけた戦いの最中となれば、話は変わる。

腹を下せば、力が入らない。また、腹の痛みで相手に集中できなくなる。こうなれば、名人上手でもまともに戦えるはずもなく、たかが無頼ていどに討ち取られることになる。

「飯のことなど東城も檜川も気づくまい」

津川一旗からすれば、鷹矢は旗本にしてはましだが、それでも細かいことに気が回らない人任せな若造である。そして檜川は、剣術ができるだけの生き汚い野良犬に過ぎなかった。

「後は、無頼どもがどう出るか。明るい間はないだろう」

目立つ昼間はなにもないと読んだ津川一旗が横になった。

「……そろそろか」

いつなにがあるかわからない。津川一旗は旅籠が勧めた入浴を断り、仮眠から醒めた後ずっと聞き耳を立てていた。

三島がいかに遊女の多い宿場とはいえ、品川や江戸の吉原ほど繁華ではない。また、夜旅を駆けにくい箱根の麓という立地もあって、日が暮れると人影は極端になくなる。

もちろん、そのぶん旅籠のなかで客と遊女の睦《むつ》み合いが始まる。今でも津川一旗の両隣で、わざとらしい嬌声がしていた。

それを気にすることなく、津川一旗は外の様子を窺っていた。

「見張りはいる。しかし、増えたようすはない。となると明日か」

徒目付は隠密としての役割もある。大名の屋敷に忍びこんで数日屋根裏に潜むくらい容易にしてのける。

津川一旗は明日が本番だと感じながらも、万一に備えて朝まで寝ずに待った。

「世話になった」

箱根越えは体力が要る。できれば日のある間に関所をこえ、反対側の小田原へ着きたいと考える旅人で旅籠はどこととも見送りに大わらわであった。

そのなかに鷹矢たちもいた。

「京へ戻ったら、伊豆屋にも伝えておこう」

「あ、ありがとう存じまする」

震える主人に見送られて鷹矢たちははたやを出た。

「味噌汁の匂いがたまりまへんなあ」

朝は昨日購入して、少し固くなった握り飯二つだけである。飲み水も供されるのは信用できないと、みずから井戸へ汲みにいったものですませた。

土岐がぼやいた。

「握り飯が喰えただけましだな。感謝している、土岐」

檜川と二人では、空腹を抱えての出発になったと鷹矢は、頭を下げた。

「簡単に下げなはんな。典膳正はんは、そのへんの大名よりも偉いんでっせ」

禁裏付は、その性質上、五位ではなく四位として扱われる。三位からが公家だと思いこんでいる連中の相手をするためであった。四位は基本三位の空き待ちという立場なので、公家も禁裏付をないがしろにしにくい。

もっとも禁裏付になったからといって、その場で四位にあがれるものではなく、春か秋の除目《じもく》を待たなければならない。

「まだ五位だがな」

除目までまだ少し間がある。正式にいえば鷹矢はまだ従五位下であった。

「かなんお人や」

土岐が苦笑した。

「付いてきておりますぞ」

檜川が小声でささやいた。

「ご苦労はんなこっちゃ」

「まったくだ」

笑う土岐に鷹矢が同意した。

「前に出まする」

檜川が先手を受け取ると宣した。

「ほな、わたいは後ろから応援させてもらいまっさ」

土岐が鷹矢の後ろに付いた。

「…………」

二人の気遣いに、鷹矢が無言でうなずいた。

「いました。前方宿場町を出たところ。八人」

すばやく檜川が数を読みあげた。

「無頼ばかりのようだな」

「津川の姿は見えませぬ」

確認した鷹矢に、檜川が付け加えた。

「後ろにも見えまへん。ついでに後ろからは十人以上いてますわ」

「歓迎だな」

合わせて二十人近い。軽口を叩きながらも、鷹矢の表情は固かった。

「突っこみまする」

「待て。まだ我らと敵対したわけではない」

一騎駆けをしようとした檜川を、鷹矢が制した。

「万一、我らの敵でなかったとき、言いわけが利かぬ」

「一晩かけて見張ってましたけど」

正論を口にした鷹矢に、土岐がため息を吐いた。

「手順は踏まねばならぬ」

「お堅いことで」

「承知いたしましてございまする」

鷹矢の言葉に、土岐が首を横に振り、檜川が首肯した。

「やっと来たか。まったく、眠れなかったじゃねえか」

箱根側の出口で高札場に背中を預けていた酒蔵の親分が、大あくびをした。

「おい、道を塞げ」

酒蔵の親分の合図で、無頼たちが街道に壁を作った。

「我らになにか用か」

五間（約九メートル）ほど離れたところで、鷹矢は足を止めた。

「東城鷹矢だな」

前に出てきた酒蔵の親分がいきなり呼び捨てた。

「き、きさま……」

「いきなり無礼な奴だな」

切れそうになった檜川を鷹矢が止めた。

「東城鷹矢なんだな」

酒蔵の親分は気にせず繰り返した。

「いかにも。旗本東城典膳正である」

「旗本……」

「おい、いいのか」

名乗りを聞いた手下たちが、ざわついた。

「おめえら、静かにしろ」

酒蔵の親分が怒鳴りつけた。

「こいつは、松や、陣吉を痛めつけたんだぞ」

「なんの話だ」

鷹矢が怪訝な顔をした。

「知らぬ顔をする気か」

後ろから咎める声がした。

「誰だ」

「富士見の、遅かったな」

檜川が誰何《すいか》し、酒蔵の親分が笑った。

「なに、始まってなければ遅れてないわ」

富士見の親分が言い返した。

「で、この侍が」

「若いほうが、東城鷹矢だ」

確認した富士見の親分に酒蔵の親分がうなずいた。

「きさまどもは、なに者か」

鷹矢が名乗れと言った。

「おめえに大切な手下どもをやられた者よ」

富士見の親分が返した。

「手下ども……」

「とぼけるねえ。ここ五日ほど、さんざん縄張りを荒らしやがって。どこの誰に頼まれてこんなまねをしやがった」

首をかしげた鷹矢に、酒蔵の親分が怒った。

「我らではないぞ。我らは昨日三島に入ったのだ。五日前など、まだ桑名にいたわ」

鷹矢が告げた。

「嘘を吐くな。おめえがわざわざ名乗りをあげて子分どもを……」

「典膳正はん、やはりおかしいことになってまんな」

土岐が入ってきた。

「ああ。どうやら拙者の偽者が出たらしい」

「今更逃げる気か。これだけの数に囲まれると勝てないと」

嘆息した鷹矢に酒蔵の親分が勝ち誇った。

「覚えがないと申しておる。拙者は旗本だぞ。しかも任地の京から召されて江戸へ戻る途中である。三島で騒ぎを起こす理由はない」

鷹矢が否定した。

「じゃあ、なぜ、そいつはおめえの名前を名乗ったんだ。まさか、同姓同名だとか言うんじゃなかろうな」

「誰かが騙ったんだろう」

「……誰が」

「そのようなもの、拙者が知るわけはない」

問うた富士見の親分に鷹矢が首を左右に振った。

「嫌らしいまねをしまんなあ」

土岐が鷹矢に聞こえるていどの小声で言った。

「…………」

鷹矢も津川一旗だと気づいていた。

「知らないのならば、そっちに尻を拭いてもらうしかないだろう。こっちは顔が立つか立たないかなんだよ」

酒蔵の親分が迫った。

「わかっているのか、拙者は旗本であるぞ」

「旗本だろうが、将軍さまだろうが、殺して山に放り出せば、後は狼か熊が片付けてくれる」

鷹矢の警告も酒蔵の親分は拒否した。

「なにをっ」

あまりの言いぶんに鷹矢が唖然とした。

「とにかく、おめえを片付ければ、おいらたちの面目は立つんだよ。おい、やっちまえ」

「いいのか、鳥居の親爺はまだ来てないぞ」

手をあげた酒蔵の親分を富士見の親分が止めた。

「いつ来るかわからねえのを待ってられるか。このまま逃がす気はねえぞ」

酒蔵の親分が富士見の親分の忠告を無視して、長脇差を抜いた。

「ちっ。しかたない。おめえら、いいな」

富士見の親分もあきらめて、手下を動かした。

「無礼者が」

檜川が太刀を鞘走らせた。

「まったく、典膳正はんと一緒にいてるとのんびりでけへんわ」

土岐が苦笑しながら、懐に手を入れて手拭いを出し、握りこんでいた拳ほどの石を包んだ。

「慮外者ども、余を禁裏付東城典膳正と知っての狼藉《ろうぜき》か。許さぬ」

大声で鷹矢が遠目に見ている旅人や宿場の者へ身分を報せた。

「かまわねえ。死ねば旗本もくそもねえ。みんな仏だ」

酒蔵の親分が手下たちを鼓舞した。

「やっちまえ」

手下にとって親分の命は絶対である。たちまち手下たちが襲いかかって来た。

「典膳正はん」

「わかっている」

囁く土岐に鷹矢が小さく頭を上下させた。

「ほな、わたいもいてきますわ」

土岐が少し離れて、手拭いを振り始めた。

「なんだ、爺い」

わけがわからないまま手下が一人突っこんできた。

「…………」

無言で土岐が手拭いを握って、手下の頭を払った。

「……がっ」

勢いの付いた石で殴られたようなものである。手下が頭を割られて沈んだ。

「武器の持ちこめぬ御所での戦い方や。おまえらていどには畏れ多いことやが、あの世への土産に体験さしたるわ」

土岐が一瞬呆然とした別の手下の胸を打った。

「ぎゃああ」

胸骨は最大の急所である。薄い骨に包まれた胸骨を折られた手下が絶叫した。

「次はどいつや」

「……うっ」

富士見の親分に率いられた手下が脅えた。

「くたばれっ」

檜川に向けて手下が長脇差をぶつけようとした。

「遅い」

半歩動いてこれをかわした檜川が、小さな動きで太刀を振るい、首の血脈を刎《は》ねた。

「ああああ」

血を噴きあげて手下が絶叫した。

「次っ」

檜川が手下たちのなかへ突っこんだ。たちまち手下たちが斬り伏せられた。

「押さえろ、押さえろ」

酒蔵の親分があわてて、手下たちを押さえようとした。

「囲め、囲めえ。まだこっちが数では勝っている」

「おうっ」

「へい」

手下たちが檜川を囲むように広がりかけた。

「それを待つわけなかろうが」

檜川が真ん中の手下へ斬りかかった。

土岐と檜川の活躍で、鷹矢は無事であった。

五

「やはり無頼では話にならぬか。まあ、数を揃えたのはよかったな。思惑どおり、東城の守りが剝がれた」

野次馬の後ろに隠れるようにしていた津川一旗が静かに動き出した。

「使えぬわなあ」

少し離れた旅籠の二階から争いを見ていた鳥居の親爺がため息を吐いた。

「情けねえやつらだ。あんなのに獲物を仕留められるわけはねえ。やはり儂がするしかあるまい。ここで東城を殺せば、あいつらも儂には逆らえぬ。手下の数も随分減らされたようだしな」

にやりと鳥居の親爺が笑った。

「おい、頼むぜ」

「へえ」

後ろに控えていた中年の猟師が鉄炮を抱えて、鳥居の親爺の隣に来た。

「あいつだ。あの立っているだけの侍、あやつを仕留めてくれ」

「大丈夫で……」

「心配するな。後始末はしっかりこちらでしてやる」

「本当に博打の借金は……」

「きれいさっぱり忘れてやる」

いろいろなことの念を押す猟師に、鳥居の親爺が告げた。

「てめえが溜めに溜めた借金は、今じゃ三十両をこえている。それをなしにしてやるんだ。多少危ない橋を渡るくらいは要るだろ」

「………」

もう一度説得された猟師が、火縄を鉄炮に挟みこんだ。

「さあ、やってくれ」

鳥居の親爺が猟師を促した。


野次馬の波を駆け抜けた津川一旗は、太刀の鯉口を切った。

「りゃああ」

そのまま間合いに入った津川一旗が、居合抜きに鷹矢を両断しようと薙いだ。

「ぬん」

鷹矢が脇差を抜いて、一刀を防いだ。

「気づいていたのか」

後ろに跳んで間合いを空けた津川一旗が鷹矢を睨んだ。

「この状況で、おぬしのことを思い出さぬほど、間抜けではないわ」

鷹矢はそのまま脇差を構えた。

脇差は太刀よりも軽く、刃渡りも短い。間合いは遠くなるし、斬撃も軽くなるが、疾《はや》さで優る。

腕では津川一旗に勝てないと知っている鷹矢は太刀で返り討ちを狙うより、脇差で受け続け、檜川の応援を待つための守りを選んだ。

「ちっ」

津川一旗が舌打ちをした。

「なぜ織部を殺した」

「そっちが先に敵に回ったからだ」

問うてきた津川一旗に鷹矢が答えた。

「越中守さまのお指図に逆らうか」

「それが正しければな」

「越中守さまのなさることは、常に正しい。吾もきさまも言われるとおりにしていればよいのだ」

「走狗であるならば、それでよかろう。だが、拙者は禁裏付だ。朝廷と幕府を仲違《なかたが》いさせる前に、その芽を摘むことがお役目である」

おまえたちとは立場が違うと鷹矢が返した。

「やかましい。越中守さまに引きあげてもらった恩を忘れおって……」

「拙者は越中守どのの家臣ではない。吾は将軍家旗本である」

激しく罵《ののし》る津川一旗に、鷹矢が言い返した。

「黙れっ」

津川一旗が太刀を振りあげつつ迫ってきた。

「くらえっ」

上段から津川一旗が全力で太刀を落としてきた。

「……ぐうっ」

脇差の峰に右手を添えて鷹矢はかろうじてこれを止めた。

「いつまで耐えられるか」

ぐっと津川一旗が太刀に体重を載せてきた。

「なんの」

鷹矢が押し返そうとした。このまま受けに回ってしまえば、太刀の重さも攻撃に加味できる津川一旗に押し切られてしまう。

「死ねえぇ」

津川一旗が声をあげた。

猟師が鉄炮の狙いを慎重に付けていた。

「…………」

津川一旗に押されて動けなくなった鷹矢は、格好の的であった。

「さっさとしろ」

霜が降りるように引き金を落とそうとした猟師を鳥居の親爺が急かした。

「あっ」

緊張の瞬間を狂わされた猟師が、引き金を強く引いてしまった。

轟音があたりを支配した。

「鉄炮……」

最初に気づいたのは檜川であった。

音のしたほうへ目を向けた檜川が、旅籠の二階から出ている筒先を見つけた。

「殿っ」

「大事ない」

安否を気にした檜川に、鷹矢が答えた。

「いや、助けられたわ」

鷹矢が、脇差を押しあげた。

「…………」

太刀を押していたはずの津川一旗が、力を失ったように崩れた。

「弾は津川を射貫いてくれたわ」

鷹矢が津川一旗の右首に空いた銃創を指さした。

「えっ」

仰向けに倒れた津川一旗を見た酒蔵の親分の手下が、驚きの声をあげた。

「親分、そいつが東城鷹矢で」

「なんだとっ」

酒蔵の親分が驚愕した。

「そうだ、そいつだ」

土岐を囲んでいた富士見の親分の手下も気づいた。

「本当か」

「まちがいござんせん。あっしは、こいつに殴られたんで」

富士見の親分の確認に手下がうなずいた。

「では……」

「……………」

富士見の親分と酒蔵の親分が鷹矢を見た。

「旗本東城典膳正である」

鷹矢がもう一度名乗った。

「逃げろっ」

「散れっ」

酒蔵の親分と富士見の親分が叫ぶようにして命じた。

「逃がさぬ」

「させへんで」

檜川と土岐が追撃に出ようとした。

「待て。これ以上は我らの仕事ではない。代官所へ行くぞ」

今までは降りかかる火の粉であった。それを払っていただけなので、問題にはならないが、背を向けた無頼たちを追い討ったとなれば、やりすぎになる。

「檜川、まずは鉄炮を押さえろ」

「はっ」

もう一度撃たれてはたまらない。鷹矢の言葉に檜川が走った。

「どういうことだ……」

見ていた鳥居の親爺が戸惑っていた。鷹矢を撃ち殺し、三島の宿を吾がものにしようとしたのが、とんでもない結末を招いてしまった。

「親分さん」

「……うるせえ」

侍が来る。このままでは、旗本を狙撃したとして打ち首になる。

「……えっ」

懐に呑んでいた匕首で鳥居の親爺は、猟師の胸を刺した。

「ちっ、しばらく三島から離れるしかねえか」

匕首を抜く間も惜しんで、鳥居の親爺は裏階段を駆け降りた。

「典膳正はん」

じっと津川一旗を見つめている鷹矢に、土岐が近づいてきた。

「…………」

「気にしたらあきまへん。悪いのはこいつでっせ」

土岐が鷹矢を宥めた。

「なあ、津川はなんのために生きてきたのだろうな」

鷹矢がなにがあったかわからないと目を大きく開いて息を止めた津川一旗の顔から目を離さずに訊いた。

「本人に聞かんとわかりまへんなあ」

土岐が首を横に振った。

「ただ、他人やと思えまへんわ」

そっと土岐が両手を合わせた。

この作品は徳間文庫のために書下されました。

徳間文庫

禁裏付雅帳十一

偽《ぎ》計《けい》

2020年10月15日 初刷

著者 上《うえ》田《だ》秀《ひで》人《と》

発行者 小宮英行

発行所 株式会社徳間書店

東京都品川区上大崎三—一—一
目黒セントラルスクエア 〒141—8202

電話 編集〇三(五四〇三)四三四九
販売〇四九(二九三)五五二一

振替 〇〇一四〇—〇—四四三九二

印刷
製本 大日本印刷株式会社

ISBN978-4-19-894594-7 (乱丁、落丁本はお取りかえいたします)

上田秀人「将軍家見聞役 元八郎」シリーズ

第一巻
竜門《りゅうもん》の衛《えい》

八代将軍吉宗の治下、老中松平乗邑は将軍継嗣・家重を廃嫡すべく朝廷に画策。吉宗の懐刀である南町奉行大岡越前守を寺社奉行に転出させた。大岡配下の同心・三田村元八郎は密命を帯びて京に潜伏することに。

第二巻
孤《こ》狼《ろう》剣《けん》

尾張藩主徳川宗春は八代将軍吉宗に隠居慎みを命じられる。ともに藩を追われた柳生主膳は宗春の無念をはらすべく、執拗に世継ぎ家重の命を狙う。幕府の命運を背負う三田村元八郎は神速の太刀で巨大な闇に斬り込む。

第三巻
無《む》影《えい》剣《けん》

江戸城中で熊本城主細川越中守宗孝に寄合旗本板倉修理勝該が刃傷に及んだ。大目付の吟味により、勝該は切腹して果てたが、納得しかねた九代将軍家重は吹上庭番支配頭・三田村元八郎に刃傷事件の真相究明を命じる。

第四巻

波《は》濤《とう》剣《けん》

父にして剣術の達人である順斎が謎の甲冑武者に斬殺された。仇討ちを誓う三田村元八郎は大岡出雲守に、薩摩藩とその付庸国、琉球王国の動向を探るよう命じられる。やがて明らかになる順斎殺害の真相。悲しみの秘剣が閃く!

第五巻

風《ふう》雅《が》剣《けん》

京都所司代が二代続けて頓死した。不審に思った九代将軍家重は大岡出雲守を通じ、三田村元八郎に背後関係を探るよう命じる。伊賀者、修験者、そして黄泉の醜女と名乗る幻術遣いが入り乱れる死闘がはじまった。

第六巻

蜻《かげ》蛉《ろう》剣《けん》

抜け荷で巨財を築く加賀藩前田家と、幕府の大立者・田沼主殿頭意次の対立が激化。憂慮した九代将軍家重の側用人・大岡出雲守は、三田村元八郎に火消しを命じる。やがて判明する田沼の野心と加賀藩の秘事とは。

全六巻完結

徳間文庫 書下し時代小説 好評発売中

上田秀人「織江緋之介見参」シリーズ

第一巻
悲恋《ひれん》の太刀《たち》
天下の御免色里、江戸は吉原にふらりと現れた若侍。名は織江緋之介。剣の腕は別格。彼には驚きの過去が隠されていた。吉原の命運がその双肩にかかる。

第二巻
不忘《わすれじ》の太刀《たち》
名門譜代大名の堀田正信が幕府に上申書を提出した。内容は痛烈な幕政批判。将軍家綱が知れば厳罰は必定だ。正信の前途を危惧した光圀は織江緋之介に助力を頼む。

第三巻
孤影《こえい》の太刀《たち》
三年前、徳川光圀が懇意にする保科家の夕食会で起きた悲劇。その裏で何があったのか——。織江緋之介は光圀から探索を託される。

第四巻

散華《さんげ》の太刀《たち》

浅草に轟音が響きわたった。堀田家の煙硝蔵が爆発したのだ。織江緋之介のもとに現れた老中阿部忠秋の家中は意外な真相を明かす。

第五巻

果断《かだん》の太刀《たち》

徳川家に凶事をもたらす禁断の妖刀村正が相次いで盗まれた。何者かが村正を集めている。織江緋之介は徳川光圀の密命を帯びて真犯人を探る。

第六巻

震撼《しんかん》の太刀《たち》

妖刀村正をめぐる幕府領袖の熾烈な争奪戦に織江緋之介の許婚・真弓が巻き込まれた。緋之介は愛する者を、幕府を護れるか。

第七巻

終焉《しゅうえん》の太刀《たち》

将軍家綱は家光十三回忌のため日光に向かう。次期将軍をめぐる暗闘が激化する最中、危険な道中になるのは必至。織江緋之介の果てしなき死闘がはじまった。

上田秀人「お髷番承り候」シリーズ

一 潜《せん》謀《ぼう》の影《かげ》

将軍の身体に刃物を当てるため、絶対的信頼が求められるお髷番。四代家綱はこの役にかつて寵愛した深室賢治郎を抜擢。同時に密命を託し、紀州藩主徳川頼宣の動向を探らせる。

二 奸《かん》闘《とう》の緒《ちょ》

「このままでは躬は大奥に殺されかねぬ」将軍継嗣をめぐる大奥の不穏な動きを察した家綱は賢治郎に実態把握の直命を下す。そこでは順性院と桂昌院の思惑が蠢いていた。

三 血《けつ》族《ぞく》の澱《おり》

将軍継嗣をめぐる弟たちの争いを憂慮した家綱は賢治郎を密使として差し向け、事態の収束を図る。しかし継承問題は血で血を洗う惨劇に発展——。江戸幕府の泰平が揺らぐ。

四 傾《けい》国《こく》の策《さく》

紀州藩主徳川頼宣が出府を願い出た。幕府に恨みを持つ大立者が沈黙を破ったのだ。家綱に危害が及ばぬよう賢治郎が目を光らせる。しかし頼宣の想像を絶する企みが待っていた。

五 寵《ちょう》臣《しん》の真《まこと》

賢治郎は家綱から目通りを禁じられる。浪人衆斬殺事件を報せなかったことが逆鱗に触れたのだ。事件には紀州藩主徳川頼宣の関与が。次期将軍をめぐる壮大な陰謀が口を開く。